墓参めぐり

小諸悦夫

鳥影社

墓参めぐり

目　次

震災ボランティア

一

急ごしらえの救援センターの前の広場に一台のバスが停まった。バスから降りてきた二十人ばかりの若い男女のボランティアは、救援センターの中に入っていくと、それぞれ受け持ちの場所を教えられて散っていく。南谷竜一もその中の一人で、数人の仲間と一緒に指示された場所に向かった。

そこは津波で流されてきた木材やら家財道具の破片やら、瓦礫でごったがえしていて、どこから手を着けたらいいのかわからないような状態だ。竜一がボランティアとして震災から間もなくやってきたときと何も変わっていないというのが彼の実感だった。それでもみんなは黙々とスコップを使って廃材を片づけていった。

土、日のボランティアとして、南谷竜一が通いだしてどれくらいになるだろう。殆どの土曜、日曜にやってきたのにはわけがあった。彼は中堅の流通会社に勤め始めたとき、研修で東北地方を回った。そのとき、人々は彼に親切でよくしてくれた。そのときの有難さがずっと彼には忘れられなかったのである。震災を知ったとき、彼は何を置いても恩返しがしたいと、心に誓ったのだ。

土、日になると出かけてしまう竜一に妻の登紀子は不満を漏らすようになった。

「休みになってもどこへも連れて行ってくれない。わたしとボランティアとどちらが大切なの。こんなはずじゃなかったわ」

彼は流通会社に入ると仕事熱心で、たちまち頭角を現し、上司から嘱望されたのだった。そして入社後五年ほどしたとき、上司から自分の娘をもらってくれないかと言われたのだった。

「ちょっと我儘に育ててしまったが、花嫁修業はさせたつもりだ。今までえり好みしてなかなかいいめぐり合わせがなかった。君なら娘も喜ぶと思う」

年始の挨拶で上司の家に行ったとき、何度か会ったことがある。娘も彼を知っているはずだ。仕事に熱中していた彼は、わずらわしい手続きなしに結婚できるというだけの理由で、登紀子との結婚に踏み切ったのだった。

しかし、間もなくそれは間違いだったことに気付いた。登紀子はまるで自分が竜一の上司であるかのようにふるまうのだった。しかも自分の思うようにならないと食事も作らないし、家事もしないのだった。父親がさせたつもりの花嫁修業とは何だったのか。

家にいるよりボランティアで働いているほうがずっと心が休まるのだ。彼は義父が定年退職したのを機に会社を辞め、全財産を放棄して登紀子と離婚した。先のことを考えるより、今をすっきりしたい気持ちがまさったのだ。

彼は文字通り裸一貫で、東京に移り住んだ。東京ではすぐにアルバイトでも何でもできるから、当座の生活費を稼ぐのには困らない。そして土、日になると又東北に出かけて行く。そんな生活でも、登紀子との生活よりはるかに充実していた。

体はきついが、それも帰ってきて風呂に入ると、翌日には回復していた。同じ土、日組に仲間もできた。皆それぞれに苦しい生活を背負っているらしいが、そういうそぶりは誰も見せない。人生に打ち込む仕事ができた喜びを感じているようである。竜一は売り上げに一喜一憂していた以前の勤めが、どれほど不健康な生活であったかと思うのだった。

彼はバイト先でもたちまち成績を上げるので、社員になるよう勧められた。人当たりはいいし、真面目だし、上司は皆彼を社員にしたがった。

「どうして社員になりたがらないのかね。誰もが社員になりたいと思っているのに」

と、バイト先の人々は不思議がった。

「有難いお話ですが、ぼくは我儘なもので」

と、彼は苦笑いして答えるのだった。

彼は九州の離島で育った。父親は漁協に勤めていて、決して豊かとはいえなかったが、竜一を大学まで通わせてくれた。中学を出ると、高校は島にはないので、本土に渡った。そして更に大学では流通に関する勉強をした。一人っ子だったので、いずれは親元に帰ってきてほしいと両親は考えていた。でも、高齢者が増える一方で、若者は外に出ていくという全国的な傾向は離島ではもっと極端なのだ。帰ってきても職がないのでは竜一も帰ることができないのである。最近では両親もあきらめているようであった。電話で近況を伝え合うだけで、共に健康であることに満足していなければならないのである。

「せっかくいい会社に入れたのに、辞めてしまったのかい。嫁とも別れてボランティアをしているそうだが、それで食っていけるのかい」

「わたしらはこの島から外へはあまり出ないからよくわからないが、困ったらいつでも帰っておいで」

両親はそう言うのだった。

二

　竜一は今では被災地のボランティア仲間でも古株になっていた。友人も大勢できた。中でもまだ大学を休学中の杉田敏男という青年とは気が合った。杉田は竜一と違って中国地方の山間部で育った。ここも過疎地であることは同じであった。村には高校がなかったので、県外の高校に進学したが、あまりの違いにショックを受けた。それは竜一の体験とも重なるところが多かった。

「カルチャー・ショックは大きかったなあ」

「そうですよね。ぼくは大学ではもっとショックを受けた。それで日本でこれだけのショックを受けたんだから、外国ではどうなのかと夏休みになると休学して、外国へバックパックで旅行しているんです。だからまだ在学の身なんです」

「ほう、それで得るところはあったかね」

「とにかく日本と比べると貧しい国が多くて。ぼくらの力ではどうにもならないってことがよくわかるんで、無力感を抱いて帰ってくるんです」

「ぼくらはテレビなんかで知るだけだけど、よくわかるなあ。辛いことだね」

「そういう所でも実にたくましく生きている人々を見ていると、とにかく不思議な力をもらう。それで又出かけて行くわけ。流浪の民なのかもしれない」

「ははあ。しかし、立派だなあ」

「立派なんてもんじゃないですよ。話は変わりますが、わが故郷の村も限界集落になりつつある。いや、間もなく消滅集落になるかもしれない。これも何とかしないといけない。こんなに大都会にばかり人が集まると、日本という船は傾いてしまうと思わないですか」

「そうだね。ぼくは古い考えかもしれないが、人間にとって故郷は心の支えとしてどうしても必要なものだと思う。人間の重心みたいなもんだ。重心がないのは根無し草でしかない。特に農業や漁業は若者が都会に出て、後継者がいなくなりつつある。出て行った若者は重心のない人間にならなければいいんだが」

「少しは戻ってきていても、ごく一部に過ぎない。ぼくらも都会に出た人間だからいつも根無し草にならないように気をつけているんです」

「言い訳になるが、我々は働き場がなかったから出ないわけにいかなかった。働き場があったら、大学を出てすぐにでも故郷に戻っていただろう。いつか、故郷に仕事場を作って戻るのを夢見ている。それは心の底に故郷という重石があるからだ」

「その日が早く来るといいですね。ぼくもそれに近い考えですよ」

二人は会うとそんなことを話し合っていた。

ところが、ある日のことであった。竜一が頑強な瓦礫を地面から引き抜こうとして、勢い余って左腕に傷を負ってしまったのである。大した出血はないが、かなり痛そうで顔色も蒼い。近くにいた杉田は手拭いで応急の処置をして、近くの急ごしらえの救護所に連れて行った。

竜一はすぐ処置室に導かれた。救護所には怪我人がよく運び込まれるらしく、手慣れた感じであった。女性の医師の指示で看護師が竜一の腕を消毒して、薬を塗り包帯を巻く。一応の処置が済むと、看護師が竜一をしげしげと見ながら、

「あなた、ひょっとしてA中学で一緒だった南谷竜一さんじゃなくって。人違いだったらごめんなさい」

「えっ、そうですけど」

竜一は突然、看護師の女性に名前を言われてびっくりした。マスクの上に出ているぱっちりした目に見憶えがあるようでもある。すると看護師は笑いながらマスクを外して見

せた。それでわかった。当時と比べると随分大人びているが、えくぼもあって可愛さは変わっていない。

「ああ、志津ちゃん。多野倉志津江ちゃん。びっくりしたよ。こんなところで会うなんて」

竜一はまさか志津江が看護師でこんなところに来ているとは思わなかったので驚いた。志津江と竜一は中学で一緒だったのだ。高校は島になかったので、本土に渡ったが、ここでも一緒だったのだ。中学では部活で同じテニス部に所属していて、彼は部長で仲がよかった。しかし、高校になると、竜一は進学のためテニスをあきらめ、志津江とあまり会わなくなったのだった。

「そう、竜一さんが大学を出てからどこへ行ったか知らなかったわ。こちらに勤めていたの」

「いや、そうじゃないんだ。ボランティアで来ているのさ」

「そうなの。この傷じゃあ三日間は安静にしているようにって、先生に言われたでしょう。今日は点滴終えたら、三日後にまた手当にいらっしゃい」

彼は志津江との不思議な再会に驚きながら、昔の思い出に浸った。志津江もボランティアで来ているのだろうか。宿泊所に戻ってからも、懐かしさになかなか休めなかった。

　志津江も久々に会った竜一が昔と少しも変わっていないように見えた。テニス部の部長をしているとき、破れたネットを黙々と繕っていた竜一に感心したものだった。今また被災地にボランティアとして来て、黙々と働いている。自分もそうだが、何か人の役に立ちたい思いは同じようだ。

　志津江は高校を卒ると看護師になるべく、養成学校に入った。祖母の介護をする母の姿を見て、自分も人の役に立つ仕事を目指したのだった。そして今、志津江は総合病院の看護師として働いている。被災地の救援に志願した富島医師についてやってきたのだった。富島医師を母のように尊敬していたからだった。まさか故郷から遠く離れたこの地で、中学、高校同期の竜一に逢うなんて。来し方を知りたかった。

「多野倉さんはあの患者さんと知り合いだったの。随分な奇遇ね」

　富島医師も患者のとぎれたとき、そう言って驚いた。

「はい、九州の中、高で一緒だったんです。中学のときは共にテニス部でした」

「そう、それじゃあ積もる話もあるわね」

　富島医師がそう言ってくれたので、志津江は竜一と会うことを勧められたように感じた。

その夜、志津江は竜一にメールした。

「今度診療に来る日に、わたしの仕事が終わった後、お会いしませんか」

すぐ返事が来た。

「きみが決めてくれれば、ぼくはそこに出かけていきます。夜は暇だから」

三

「そうだね、もうあれから十年になるのか」

「そうよ、竜さんが大学に行き、わたしが看護学校に行ってから、同窓会もなかったのね」

二人は食事をしてから、救護所の前のベンチに腰かけていた。街灯の明かりがぼんやり二人を照らし出している。化粧をしてきたのだろう、志津江の横顔は以前の子供っぽさから、女性の艶っぽさを見せていた。看護服から半袖のブラウスに着替えてきたせいもあって、女性としての魅力が増したようにも見える。中学のときは女性を意識したことはないが、今は竜一に意識させるのだった。

志津江も竜一が見ないうちにすっかり男性を意識させる大人になっていることに、胸をときめかせていた。

「今、竜さんはどこに住んでるの」

志津江は心が揺れるのを隠すように言った。

「今は東京の台東区。上野駅の近くだよ。ここだと東北へ向かう列車やボランティアのバスに乗るのに都合がいいし、部屋代も安いから」

「いつか、誰かから竜さんが神戸辺りの会社に勤めているって聞いたことがあるわ」

「うん。大学を出てすぐ勤めた会社が神戸に本社があったんでね」

「今も同じ会社に勤めているんでしょ」

「いや、もう辞めた」

「どうして。今再就職するのって大変ていうじゃない」

志津江の顔が一瞬曇ったように見えた。しかし、竜一は何でもなかったように言った。

「どうってことないさ。売上競争にうつつを抜かしているのは精神衛生上よくないよ。今の健康状態は最高だもの」

「でも、結婚してるんでしょ。生活が大変なんじゃない」

「去年愛想つかされて別れた」

あまりにさらっと言うので志津江はからかわれているのかと疑った。

「まさか」

「いや、ほんとさ」

竜一の真面目な顔を見て志津江は何か深いわけがあるに違いないと思った。

「愛し合って結ばれたんでしょ」

「いや、あのころは仕事にかまけて、女性を愛するような心のゆとりがなく、上司に言われるまま楽な道を選んじゃった」

竜一は志津江にだけは過去のことを話してもいいと考えた。

「上司は娘を片づけたと思ったんだろうが、ぼくは温かい家庭なんてものは得られなかった。彼女はぼくをまるで部下のように思っているらしく、やたらに家事を命じるんだ。そしてぼくがボランティアに行くのを嫌った。土、日にはどこかへ行きたかったんだろう。それで、家庭には冷たい空気が流れて、料理もしなくなった。そのころ、妻は流産したことも手伝って、ぼくと口も利かなくなった。ぼくはこうして離婚した。妻の父も定年で会社を辞めていたので、軋轢はなかったというわけさ」

竜一の話を聞いて、志津江はひどい女性もいるものだと思った。離婚に至る道というものはこんなに苛烈なものなのかと竜一に同情するのだった。

「ほんと、辛かったでしょう」

「ああ、でももう過去のことだから忘れることにしているよ」

竜一はそうは言ったが、胸に苦いものがこみ上げてくるのを抑えられなかった。志津江が話題を変えてくれたので、彼の気持ちは救われたのだった。

「テニス部にいた大野さん、覚えているでしょ」

「うん、確かハーフだったよね」

「そう。彼女一家揃ってお母さんの国カナダに行ったとか。みんな散り散りになって寂しいわ。いつか同窓会を開きたいわね」

「でも、十年も経つと担任もいなくなっちゃうし、個人情報の問題もあって同窓生の住所もつかめないもの、難しいかも」

「そうか。そういう問題があるのね」

「向こうにいる奴に連絡取れたら話してみる」

そんな話をしていると、時間は過ぎていった。志津江も久しぶりに懐かしい気持ちで癒されるのを感じた。二人とも故郷に対して辛い思いもあったろうが、懐かしく思うのである。志願して被災地の救援活動にいそしんでいる志津江も、ボランティアに励む竜一も、考えてみれば中学時代の生き方の延長のように思える。テニスのネットの繕いを黙々とやっていた竜一。県大会に向かって一生懸命に練習していた志津江。青春の思い出は二人の心を近づけていた。

季節は晩秋に向かっていた。山はナナカマドの紅葉やダケカンバの黄葉などで錦繡の彩りが見る人を和ませている、竜一の活動範囲もかなり広くなっていた。というのも、彼は行く先々で新たな人と親しくなっていたからだ。それは彼の人柄がそうさせるのだった。

彼はいわゆる廃材の片づけばかりでなく、住民との接触で困っていることなどの相談に乗ったりしたので、重宝がられているのだった。落ち葉の掃除もした。

ボランティアは復旧復興の手助けをするが、彼は更に高齢化している住民の手助けにまで活動を広げていた。高齢者が困っているのを見ていられなかったのである。そういうボランティアがあっていいのではないかと思うのだった。

あの日以来、竜一は急に忙しくなった志津江と会えないでいた。寒さに弱い高齢者がインフルエンザにかかり始めたからだった。仕事で疲れているだろうと思うと、竜一はメールで励ましたり、近況を伝えたりするだけで会うのを控えていたのである。

彼は東京でバイトをし、ボランティアで戻ってくる生活に疲れを感じるようになっていた。いっそのこと被災地にいて働く手立てはないものか。いろいろ考えたが、この地の企業に勤める気はない。もっと自由に生きたかった。杉田敏男に話すと、彼も同じような考えでいるのだった。彼はもともと企業で働く気はないのだ。

「どうでしょう、地域の高齢者には買い物にも困っている人が多いですよ。そういう人たちのお手伝いをするっていうのは」

「なるほどなあ。それはいいかもしれない」

竜一にひらめくものがあった。次の週から彼は自転車で住民の家を訪れて、希望する品物を訊いて回った。住民の買い物先は町のスーパーだ。ほかに品物が揃う店はないのである。しかし高齢者にとってはスーパーまで出かけて行くのは大変なのである。

「ご希望のものがあれば、町のスーパーで買ってきてあげますよ。一日おきくらいに来ますから、それまでに希望の品を書き出しておいてくれればいいです」

そう言うと誰もが喜んだ。きちんとレシートがあるから、心配はないのである。一か月もすると、注文のデータができた。ノートに誰が何を買うかを記入し、データとして保存した。家庭によって買うものはだいたい決まっている。杉田の分と照らし合わせて、地域の住民の買い物動向がデータ化された。しかもお使いをすることによって、この地方のスーパーがかなり高い品物を売っていることがわかった。大都市のように競争が激しくないのと、売り上げが少ないから仕方がない面はあるが、それにしても企業努力が足りない商売をしていると竜一は見た。

四

季節は変わり雪のちらつく日が増えた。九州と違い冬は突然にやってくるようであった。竜一は九州に戻って久しぶりに実家に顔を出した。

「何をしてるんだ。ちっとも連絡よこさないで」

と、父が言った。

「便りのないのは無事のしるしかい」

と、母も言う。

「まあね。何とかやってるから心配しないで」

「そんならいいけどね」

その日は母の手作りの料理に舌鼓を打った。しかし、父の目は鋭かった。

「何の用で帰ってきた。金が要るのか」

父の前では嘘をつくことはできない。竜一は計画している事業に要る金を借りられないかと切り出した。

「そうか。人のためになることならいいだろう。しかし、人のためになっても損をしてはならんよ。損をしては長続きしないし、人々の期待を裏切ることになって、結局は誰のためにもならんからな」

父は細かいことは一切訊かず金を出してくれることを約束した。

次いで彼は中学校に行き、同窓生の住所を訊いた。何人かがまだ島にいることがわかったので、連絡を取った。仲の良かった民治は父親の跡を継ぎ、立派な漁師になっていた。

「そうか、同窓会をやるか。あまり多くには連絡がつかないが、やってみよう」

民治は乗り気になって、快く引き受けてくれたので、竜一はほっとした。

「おれたちの頃は、生徒も何とか人数がいたが、今じゃ全校合わせても二十人もいないっていうからなあ。可哀相といえば可哀相だぜ」

竜一は現状に今更ながら寂しい思いをした。日本の農漁村での小学校、中学校の寂れ方を知らないではなかった。しかし、自分の出た学校が寂れることのやりきれなさは例えようもないのである。故郷を失うに等しいのだ。玉手箱を開けた後の浦島太郎の気持ちもこんなだったのだろうかと考えたりした。

竜一は民治と携帯の電話番号を交換して早々に故郷を離れた。新しく始める仕事の準備が待っていた。

トラックの改造を頼んでおいた工場に出向くと、希望したものができかかっていた。次いで彼は以前仕事で付き合った降矢に商品の仕入れを頼んだ。降矢は二つ返事で引き受けてくれた。

「南谷さんには随分お世話になりましたから、今度はお返しさせていただきますよ。何しろ南谷さんのおかげでわたしの会社も大きくなれたんですから」

「いや、そう言われると恐縮です。降矢さんの実力で成功なさったんです」

降矢の会社は当時倒産の危機に瀕していた。どこも取引を断っている中で、竜一は降矢の経営手腕を見抜き、独断で半ば強引に取引を拡大していったのであった。竜一の予測は当たり、降矢の会社は立ち直り、今では屈指の優良企業になっていたのである。そうした過去がない見ず知らずの会社だったら、竜一が始めようとする事業など相手にされなかっただろう。人生何が幸いするかわからない。

五

彼が発注した車は荷台に品物を展示できるトラックであった。トラックの横腹を上に開けると商品が見える仕掛けの移動販売の車である。中には地方の高齢者が必要としている商品が詰まっている。広場や家の前に車を停めては、杉田と一緒に住民を集めて販売した。杉田が前もって停車する場所と時間をビラで知らせておいたので、音楽を流すと人々がすぐ集まってきた。

「便利で安いのでとても助かるわ」

と言いながら、客は品物を買い求めて行く。帰りには商品は売り切れて何も残っていなかった。

「竜一さん、大成功ですね」

「きみのお蔭で完売したよ。有難う」

「何を言うんですか。竜一さんのアイデアと実行力ですよ」

二人は互いに感謝しあった。

「この地域は一日おきですが、空いてる日は、できたら隣の地域に行くと売り上げは伸ばせますね。しかし、それには人手がいるなあ」

杉田はよほど嬉しかったらしく、事業の拡大を夢見て言うのだった。

「地域の人々のためになるなら、考えなくちゃならないけど、もう少し様子を見よう。今無理してはよくないと思うんだ。本当にいい人手を見つけてからにしよう」

「そうですね。いい人手を探すのはまだ難しそうだし」

二人の呼吸はよく合っていて、仕事は住民に感謝され順調であった。

その合間にも竜一は志津江と連絡を取り合っていた。民治が田舎で漁師をしているのを伝えたり、彼が連絡係になって同窓会をできそうなことを、竜一は志津江に伝えた。

皆が集まれそうなときは年末年始しかないので、それでもいいかと民治から連絡してきた。年末年始はいくらか時間が取れないことはないが、次の事業の準備があって外せないというと、集まれる人数も少ないから次の機会にしようと、会は流れることになった。

皆、年からいっても企業では中堅で働いていて、なかなか集まれないのである。

志津江は竜一から会が流れたことを聞いたが、それほど残念には思わなかった。特に会いたい友達がいるわけではなかったのだ。それより志津江は、竜一の仕事が忙しくなって、ときたま取れる休暇に、竜一となかなか会えないのが寂しかった。

一方、竜一も仕事がひと段落してほっと一息ついたとき、志津江と会えないことに何かしらむなしい思いがするのだった。

「今度の休みの日に、竜さんのとこへ行っていいかしら」

と、志津江から竜一にメールが入って、彼を喜ばせた。

その日、志津江はジーパン姿でやってきた。彼女は竜一がどんな仕事をしているのか知りたかったのだ。移動販売をしているとは聞いていたが、実際にどんなことをしているのだろう。手伝えることがあれば手伝いたいと思って、作業できるような支度をしてきたのだった。看護師の衣装とはがらりと変わった服装に竜一は驚いた。

「志津ちゃん、あんまり変わったいでたちなんでびっくりしたよ」

「ふふふ。わたしだって仕事を離れれば、普通の女性ですからね」

「とてもチャーミングだよ」

「有難う。そう言ってもらえるなんて嬉しいわ。わたしにできることがあればお手伝いする」

「それは有難い。ちょうどこれから品物の積み込みだったんだ。今日は相棒の杉田がよその地区に行ってるんで、頼めると有難いよ」

借りている倉庫から車に積み荷をする作業があって、志津江はそれを手伝った。今までに経験したことのない作業と、竜一の仕事を手伝えることに志津江は楽しさを感じていた。

「あまり働くと疲れて明日の勤務に差し支えるから、適当にしといて」

と、竜一は志津江を気遣った。

志津江も乗せた車で音楽を流しながら地域を巡回してゆくと、停まったところで音楽を聴きつけた客が家々から出てくる。

「今日は何があるの」

と訊いてくる客に、いちいち丁寧に答える竜一。彼と客とが一体になったような時間だ。

「あら、今日はきれいなお嬢さんも一緒なの」

などと、言われると竜一も悪い気はしない。志津江も調子に乗って、

「わたしは売り物ではありませんが、これからも時々来ますからよろしくお願いします」

なんて軽口をたたいている。普段は白いナースの制服にマスクを着けているから、志津江を救護所の看護師とは見られないのである。それも志津江には面白かった。竜一の気持ちにもぽっと明かりがついたのを感じるのだった。

途中で昼食をとった。竜一が下宿をしている家のおばさんに頼んで、今日は二人分の弁当を作ってもらったのだ。志津江は助手席で弁当を食べた。竜一と一緒に食事をするのは嬉しい体験だった。

「こんな美味しいお弁当は久しぶりよ」

「帰ったらおばさんに伝えておくよ。今度はもっと奮発してくれると思うよ」

食後は少し辺りを歩いて食休みをした。それから又地区を回り、全部の地区を回り終えると品物はなくなっていた。

助手席に志津江を乗せて、車は軽快に事務所に戻ってきた。

「今日は有難う。助かったよ。お客さんも喜んでいたし。やっぱり自分の娘みたいな年頃の女性がいると気持ちが安らぐんだろうね」

「お役に立てたかどうかわからないけど、初めての経験でわたしも楽しかった」

志津江は今までとは全く違った世界を経験して不思議な気持ちになっていた。竜一がとても頼もしく思えたのである。助手席から降りる志津江は、空き箱の踏み台を用意してくれた竜一の心遣いも嬉しかった。

「又手伝いに来たいわ」

と、志津江は別れ際に言った。

「せっかくの休日なのに、疲れちゃったんじゃないの」

「ううん、楽しかったわ。いい気分転換にもなったし」

志津江の頬から若さが匂い立っている。どちらからともなく手を差し伸べて握り合った。志津江はその手が引かれて、竜一の胸に抱かれるのを一瞬期待したが、それはなかった。竜一も一瞬そうしようと思ったが躊躇したのだった。そんなことは志津江の好意に反するように思えたからだった。

「又連絡するわね」

竜一が宿舎まで送ってくれた。別れるのが惜しそうに志津江が言った。握った竜一の手の温かみを、志津江は別れてからもずっと失わないようにポケットの中で握りしめていた。

六

　もう雪が降っていた。竜一は移動販売のないときは、ボランティアで知り合った仲間と、積もり始めた雪掻きに出かけた。太平洋側はそれほど雪深いわけではないが、それでも屋根に積もった雪をそのままにしては置けない。高齢者では屋根の雪下ろしは重労働だ。足を滑らせて大怪我をする人もいる。竜一たちの仕事は皆から喜ばれた。

　杉田のほうも順調で、ボランティアの仲間の一人を助手に移動販売を始めていた。

「今日は屋根の雪下ろしをしました。命綱を着けてやっているので心配しないでください」

　竜一からそんなメールが入ると、志津江は心配しながらも嬉しかった。人々のためになることに黙々と努力しているのは、中学のテニス部の部長をしていた時と同じだと思うのだ。

　二週間ほどして、志津江がメールで手伝いに行きたいと言ってきて竜一を喜ばせた。手伝わなくても志津江が来てくれることが嬉しい。

　道に積もった雪は行政のほうで片づけてあって、難儀はしなかった。いつものように音楽を奏でて車で回る。注文を取っているので、ほとんど一軒ごとにまとめてあって、客に渡すから時間もかからない。そのほかその時々に追加があれば売るが、たくさんあるわけではないのですぐ終わる。注文された品物を売りながら次の注文も受ける。志津江が手伝うので物事はてきぱきと進む。

「志津ちゃんが手伝ってくれたので、今日は早く終えた。有難う」

車の助手席で志津江がにっこりするのが竜一にはこの上なく嬉しいのだ。車を倉庫に入れると、彼は降りて助手席のほうのドアを開けて志津江に手を差し伸べた。女性には少し高いからどうしても助けが必要だ。竜一の手をしっかり握り降りる。その時、志津江は竜一の懐に飛び込むようにして降りたので、竜一は彼女を抱きすくめるようになった。志津江が意識して竜一の懐に飛び込んだのか、竜一が彼女を抱き留めたのか。両者の気持ちがぴったり合ったのだろう。彼女の腕が竜一の首を抱え、体を竜一に任せた次の瞬間には二人は頬摺りをしていた。

「竜さんのほっぺ、温かい」

彼女は上ずってそう言った。二人はしばらくそうしたままでいた。心を確かめ合っているようであった。

この日以来二人の心はしっかり結びついたのであった。志津江は仕事をしていても今までよりずっと楽しく思われるようになった。富島医師にもそれは感じられて、

「多野倉さん、とっても幸せそうね。いいことあったのね」

と言わせたのだ。

次の週、竜一から志津江にメールが入った。

「この間はお疲れ様でした。有難う。都合がついたら会いたい。仕事ではないです。返事ください」

その夜、志津江は地域でたった一軒店を開いている喫茶店『やまのさと』に出向いた。仕事ではないとは何だろう。その竜一は海の見える席で窓を背に待っていた。志津江は少し遅れて来た。

「ごめんなさい。急患が入ってしまって。お待たせしました」

「いや、それほどではないよ。急患の人はどうなの」

「お腹が痛いって来たんですけど、どうも胃潰瘍らしくて、痛み止めで一時凌ぎをして帰ってもらいました。改めて精密検査をするみたい」

「ふーん。先生もいろいろな病気に対応しなければならないって大変だね」

そう言ってから、竜一は一呼吸おいて姿勢を正した。

「今日来てもらったのは、志津ちゃんにお願いがあって」

「え、なあに」

「ぼくと結婚して欲しいんです。ずっと考えてきたんだ。バツイチのぼくでもよかったら、結婚して欲しい」

「はい。嬉しいです。わたしも竜さんと一緒に人生を歩んでゆきたいの。わたしでよかったら、ぜひお願いします」

志津江は嬉しさが体に満ちてくるのを感じた。

「まだエンゲージリングも買えない貧乏暮しだけど、よろしくお願いします」

「そんな形式的なことは後でいいわ。共働きで行けばいい人生が待ってると思うの」

竜一も嬉しくて、さっきまでの緊張から解き放たれていた。彼は今の仕事が決して利潤を生むためのものでないこと、しかし、人々のためにはどうしてもやりたいことなどを話し、志津江も同感であった。

「ただ、竜さんにお願いがあるの。実はわたしすぐには結婚できないのです」

「どうして」

「わたし、こういうことになるとは思っていなくて、アフリカへ行くことになったの。『ボランティア医師団』て知ってるでしょう。あれに応募しておいたら、そのＯＫの通知が最近来てしまったの。申し訳ないけど、一年待ってください。辛いけど、一年後には必ず帰ってきます。それまで待ってください」

「そうなの。辛いけど待つよ。体には気を付けて行ってらっしゃい」

「有難う。本当に勝手言ってごめんなさい」

二人は志津江の帰国後のことなどを話して店を出た。これから一年間会えないと思うと、寂しさが二人の気持ちを更に近づけるのだ。どちらからともなくつないだ手を固く握って歩いた。

「出発の日が決まったら知らせます」

「うん。しかし志津ちゃんがいなくなると、寂しくなるなあ」

「そう言わないで。わたしはもっと寂しいのよ」

救護所の宿舎が近づいてきた。ゆっくり歩いていた志津江が立ち止まって竜一に向き合った。どちらともなくつないでいた手を引きあって、しっかり抱き合った。竜一の腕の中で志津江は愛を確かめた。唇を合わせ、頰摺りをした。何も言わないでも意思が伝わっていた。

七

志津江の出発前に竜一たちは離島の故郷に行って、二人そろってお互いの両親に結婚の許可を取った。

両方の両親もともに二人を知っていたから話は簡単だった。特に志津江の両親は看護師に打ち込んでいて、いつ結婚するのかはらはらしていたので、娘がいい相手を選んだことを喜んだのであった。

両親の許可を得ると、竜一たちは民治にも会って、結婚することを話した。民治もすっかり喜んでくれた。

「式はこちらで行うつもりだけど、これからの彼女の身の振り方が定まってからになると思う」

と、竜一は友に言って、こちらも了解を得たのだった。

竜一は志津江から、帰国後も、富島医師と行動を共にすると聞かされていた。富島医師は東北で医療活動をする予定で、志津江にもぜひ来てほしいと誘われていたのだった。

「大きい総合病院や大学病院にいれば、生活も安定しているし、仕事にも集中できるのに、わざわざ被災した過疎地に行くという先生の心意気に賛同したのよ」

「ふうん、偉い先生なんだね」

「大都会に住んでいれば、病院がたくさんあって、患者は病院を選ぶこともできるけど、過疎地では病気になることさえできないんですもの。そういう人たちの助けになればということなのよ。これこそボランティア精神よね」

「そうか。ぼくらはまだ若いから病気にそれほど切実な思いはないけど、高齢者には切実な問題だものね」

東北に拠点を置いている竜一は、志津江との生活ができることも喜んだのだった。

ところが、志津江の消息が入ってきたのは、帰国予定の頃であった。テレビが現地からの報道で『ボランティア医師団』が反政府ゲリラに襲われて、何人もが亡くなったというのであった。まさか、そんなことがあるはずがないと、竜一たちは信じられなかった。人道支援のために力を尽くしている人々を襲って殺害するなんて。

「何かの間違いに違いない」

テレビの報道を見ていた人々は口々に言った。竜一は志津江の実家に電話を入れた。

「テレビを見ましたか。間違いであってほしいです」

「見たけど、信じられない。志津江は生きていてほしい。家内とともに祈っているんだ」

実家の両親も志津江が殺害されたなどということは信じたくもないことだった。両親も竜一も外国の通信社が報じたことということもあって、心のどこかで間違いであることを願っているのだ。正確で詳しいことがわかり次第、互いに知らせあうことにした。

又、富島医師にも連絡すると、志津江のことはテレビで知ったという返事であった。

「志津江さんには期待していたので、びっくりしました。嘘であってほしい。わたしも落胆しているけれど、許嫁の災難であなたも辛いことね。彼女からあなたのことはよく聞かされていたの」

「そうですか。今度東北で開業なさるそうですが、お力になれることがあれば言ってください」

「有難う。お会いできる機会があったらご相談します。そのときはよろしく」

報道は間違いではなかった。一週間後には志津江は故郷に無言の帰還をしたのだった。

葬儀は島を挙げて行われ、志津江の行いに皆涙したのだった。

「アフリカまで行って人助けをするなんて、誰にでもできることじゃない。島の誇りだ」と、皆は言い合って、志津江の死に涙した。

葬儀には富島医師も民治たち同級生も来てくれた。竜一は親族一同の列で参列者に頭を下げた。葬儀、納骨が終わると富島医師は東北に帰って行った。志津江の両親に引き留められた竜一は、今後の身の振り方を自由にするよう言われたが、すぐに答えられる問題ではなかった。

仕事を助手に任せてきたのと、富島医師からクリニックの開ける場所を見つけてほしいと依頼されていたこともあって、竜一はいつまでも故郷にいられず、早々に東北の拠点に戻った。

助手に探させていた場所は、商店がある中心街に近くて、シャッターを下ろしている二階家であった。

二階を住まいにすれば便利でもある。富島医師も気に入って、ここを借りることになった。早速一階を診察室や待合室、二階を住居に改装することになった。二階には四部屋あり、一部屋をダイニングキッチン、風呂トイレに変えれば充分だ。富島医師も満足で、リフォームが済み次第移り住むことになった。

看護師は富島医師の勤めていた病院から都合してもらい、事務員二人は地元で雇った。一人は両親を津波で亡くした高卒の娘で、伯母の家に世話になっていたので、地元から喜ばれた。

「志津江さんがいてくれたら、もっとよかったのに、本当に残念だわ。これからは志津江さんの分まで　がんばらなくちゃ」

と、富島医師が竜一に言った。

「そう言っていただけると彼女も天国で喜んでいると思います」

富島クリニックに寄せる地域の人々の期待は大きかった。今まではクリニックが近くになく、病気になると隣の町の大学病院までバスに乗って行かなければならない。車のある若い者には大したことではなくても、高齢者には一日がかりの病院通いということになって負担が大きい。近くに診てもらえるクリニックを望んでいた人々は大喜びだ。しかも女医さんだというので、なお喜んだ。

開院案内に「火曜と金曜の午後は休診。日曜は急患なら診ます」とあったが、火曜と金曜の午後は通院できない寝たきりの高齢者への往診のためなのであった。

「先生、こんなにお休みがなくちゃ長いこと務まりませんよ」

と、竜一は忠告したが、富島医師は、

「できる時までやってみます。できなくなったら、その時は又考えます。まだわたしだって若いのよ」

と言って取り合わないのだった。

竜一はこの先生の考え方が、志津江を動かしたのだろうと思い当たって、自分もできるだけの応援をしたいと心にきめたのだった。


（完）

蘇生

一

梅崎俊哉が山名亜記奈とその母と知り合ったのは、ある出来事がきっかけだった。それは、初秋の日曜の夕暮れ時であった。街路灯がぽつぽつ灯り始めている道を、朝から根を詰めた仕事で疲労した体を感じながら、俊哉は家路を急いでいた。中野区内の得意先からの帰途である。彼は中規模のコンピューター関連の企業に勤めていて、システムの保守点検で仕事を終えたところであった。この仕事は土曜も日曜も祝日もないのである。しかも夜遅いこともしばしばなのだ。

彼がちょうど四つ角にかかったとき、青信号で横断歩道を渡りかけている男性の高齢者を見かけた。そのとき、横からかなりのスピードで曲がる自動車が目に入った。車はほかに走っていない。危ないと思った瞬間、車は高齢者を轢いて、そのまま走り去った。轢き逃げだ。高齢者は車道に倒れこみ、動く様子を見せない。俊哉は疲労の中でも、とっさに携帯電話で一一〇番に電話した。

「場所を教えてください」

電話口の婦警らしい人の返事があった。俊哉は近くにあった自販機に記載されている住所を答えた。何台かの車が倒れた人をよけて走っていった。ものの三分もしないうちにパトカーがサイレンを鳴らして到着した。続けて救急車がやってきた。

パトカーから降りた警官が、俊哉に轢き逃げのときの状況を訊いた。

「轢き逃げした車の特徴は覚えていますか」

俊哉の神経はもう覚醒していた。

「黒っぽい大型車で、ナンバープレートの末尾が30だったのを見ました。速かったのでそのほかのことは」

「横からかなりのスピードで曲がって来たんですね。被害者はお知り合いの方ではないですね」

「たまたま通りかかっただけです」

「そうですか。有難うございます」

数人の警官がてきぱきと被害者の倒れているところや、道路に白墨で印をつけて、写真を撮ったりしている。物音を聞きつけた何人かの野次馬がこわごわとのぞきこんでいる。

現場検証が終わり、白衣を着た救急隊員が救急車から出したストレッチャーに被害者を乗せると、救急車に収納した。

「参考人としてご同行願えませんか」

と、隊長らしい人に誘われて俊哉は救急車に乗ることにした。見ず知らずの人だが、轢き逃げされて生還できるか心配でもあったし、こんな経験はなかなかできるものではないと思ったこともある。被害者にすぐに酸素吸入が施されて、車が動きだした。同乗している隊員は病院と連絡を取ったり、被害者の看護に忙しい。ピーポーピーポーとけたたましい音を響かせながら、救急車は急行し、たちまち救急病院に着いた。

救急治療室に搬送されると、待っていた何人かの看護師がすぐに酸素吸入のほかにパイプだのを取り付け、しばらく部屋は騒然となった。ひとしきりざわつきが収まると、先ほどの救急隊員が俊哉に言った。

「被害者の持っている健康保険証からわかった住所に連絡しました。もうすぐ家族の方が見えると思いますので、被害に遭ったときの状況を話してあげてくれませんか」

「わかりました」

「ご家族は少しでも状況を知りたいでしょうから」

「そうですか。わかりました。お役に立つのでしたら」

俊哉はどうせ帰り道でほかに用があるわけではなかったので、事故の状況を話すのもいいかと思った。

暫くして高齢の女性とその娘らしい人が息せき切って駆けつけてきた。

「こちらが事故の目撃者の梅崎さんです。お聞きになりたいことがあったらお答えしてくださるそうです」

救急隊員は俊哉を二人に紹介すると引き取っていった。

高齢の女性は夫を、娘らしい人はその父親をベッドの上に見て息をのんだ。ベッドの上には酸素吸入やら血圧計やらが取り付けられて身動きしない高齢者が横たわっている。

暫くして、被害者の身内が俊哉に事故の状況を訊いた。俊哉は警官に話した通りのことを語った。

「そうですか。父は定年退職後、朝と夕方に散歩を兼ねて近くのコンビニやスーパーに行くのが常でした。今日はスーパーへ行くと言って出かけたのです。いえ、特に買うものがあったわけではないです。物の値段がどう変化しているか知りたいというのが口癖でした」

「本当にひどい奴です。こんな大きな事故を起こしておきながら逃げたのですから。でも、車のナンバーの末尾が30でしたから、間もなく捕まると思います」

そう言って俊哉も病院を後にした。

一人住まいのアパートに戻ると、テレビのニュースで先ほどの轢き逃げ事故が報じられていた。

二

俊哉はその後テレビのニュースで、轢き逃げ犯が捕まったが、被害者の山名清吾という人は残念なことに亡くなったと知った。意識不明のまま看護を受け続け、くしくも犯人逮捕の日に亡くなったというのだった。俊哉は近くの葬祭場で葬儀が行われることを知って、当日葬儀に行き、遺族にお悔やみを言い、焼香をした。

それからひと月もしたころ、彼は続いた休日出勤でやっと取れた代休で、新宿御苑近くの裏道を歩いていた。知人の写真展を見ての帰りだった。人通りの少ない道で、向こうから来た白衣を着た若い女性に声をかけられた。一瞬病院関係者かと思ったが、病院

関係に知り合いはいない。女性はにっこりして、

「ひょっとして梅崎さんではありませんか。お人違いでしたらごめんなさい」

と言った。俊哉は、

「はあ、確かに梅崎ですが」

「やっぱり。いいところでお目にかかれました。先日亡くなった山名清吾の娘の亜記奈です。その節は大変お世話になりました。また、香典まで頂戴したのに、お返しもできず失礼致しました。何しろ、香典袋にご住所の記載がなかったもので、母と申し訳ないと申しておりましたの」

やっと思い当たった。あの時の女性だった。髪を後ろにまとめてポニーテールのようにしているので、気が付かなかったのだ。

「ああ、それは、住所を記載するのは、お返しをこちらへというようで嫌だったんです」

「あら、そんなことはありませんわ。お返しをできないでいると、こちらはずっと困ったままでいることになります。心の整理がつかず、困ってしまうんです」

そう亜記奈は言ってから、

「こんなところで立ち話もなんですから、どこかでお話をしません？」

「はあ、時間はよろしいんですか」

「はい。ちょっと会社に連絡をします」

そう言って、携帯電話を取り出して会社に連絡すると、

「はい、大丈夫です。梅崎さんはよろしいのですか。なんだか無理にお引止めするようで申し訳ありません」

二人は近くの喫茶店に入った。

「山名さんは病院にお勤めなんですか」

さっきから疑問に思っていたことを俊哉が訊くと、亜記奈はにっこりして、

「ああ、白衣を着ているからですね。いいえ、薬剤師です。わたし、調剤薬局に勤めていますから」

「なるほど。ドラッグストアとは違うんですね」

俊哉は調剤薬局がどういうところかも知らない。

「梅崎さんは健康でいらっしゃるから、いらっしゃったことはないですよね。調剤薬局では普通にお薬は買えません。お医者様の処方箋がないとお薬を出すことはできないんです」

亜記奈は笑顔で答えた。口元が優しくほころび、笑顔が愛らしく思われた。二十代後半くらいか。

「梅崎さんはコンピューター関連の会社にお勤めと聞きましたが、お忙しいんでしょ」

「そうですね、普通よりは時間が不規則で、土、日もなく、めちゃくちゃに忙しいことが多いです」

「今日はお勤めはお休みで？」

「ええ、今日は久々に代休が取れたので、知人の写真展を見てきたところです」

少し恥ずかしそうに言う俊哉に、亜記奈は思っていたような人だと思った。若者に特有のギラギラしたものがない。落ち着いているので一緒にいても安心していられるのである。

「ご趣味は写真ですか？」

「音楽を聴いたり、山登りをしたり、ですかね。山登りといっても低い山ばかりです。同僚に山に取りつかれたのがいて、こいつは高い山とか、雪山に行くんですが、二年ほど前に冬山で足を凍傷でやられましてね。二度と行かないと思っていたら、懲りずにまた出かけて、今度は帰ってきませんでした」

「あら、まあ」

「ぼくのはせいぜい丹沢とか、低い山ばかりです。でも、最近は忙しくてなかなか行けません」

「そうですか。それはお辛いことですね。でも、山にいらっしゃるときは、お気を付けになってくださいね」

眉を顰めるようにして亜記奈は言った。心からの俊哉を気遣う言葉は、心にしみるものがあった。

「山名さんの趣味は？」

「わたしの趣味はつまらないことですわ」

「そんなことはないでしょう。趣味につまらないものはありませんよ」

「まあ、編み物が好きで、いろいろなものを練習しています。こんなこと梅崎さんには興味ないですよね」

いかにも彼女らしいと俊哉は思った。

「最近はどんなものでも売っていますから、自分で編むなんて時代遅れですよね」

「そんなことはありませんよ。手編みには温かみが感じられるのではありませんか」

と、俊哉は言った。

「それならいいんですけど。まあ自己満足でしょうか」

亜記奈はすらりとそんなことに言う自分に驚いていた。

「今は忙しいし、作る楽しさみたいなものを味わうなんて忘れてしまっているんでしょう。もっともぼくもそのうちの一人なんですが」

「男の方はお仕事がきついでしょうから、そんな贅沢は言ってられませんよね」

「田舎の母は祖母が編んでくれたチョッキをいまだに着ています。着心地がいいんだそうです」

「そうですか。田舎ってどちらですか」

「栃木の農家です。都会ではないですから、不便です。ぼくは一人っ子ですから、本当は父の跡を継がなければいけないんでしょうが、大学が東京だったので、ついこちらで就職してしまいまして。いずれは継がなくてはならないとは思っていますが」

「田舎があるなんて、羨ましいですわ。わたしはずっと東京で育ったので、田舎を知りません」

と、亜記奈が言った。

「田舎の暮らしにはそれ相応の辛さがあります。東京で考えているのとは違います」

「そうでしょうね。でも、田舎の暮らしには憧れています」

「あなたは蛇を怖くありませんか」

「あら、それはちょっと」

「田舎には蛇もいるし、イノシシも出ますよ。ひどいときは作物をイノシシに半分もやられることもあって、泣きたくなります」

俊哉がそういう自然の中で育ってきたと思うと、いっそう頼もしく思えるのだった。

亜記奈は以前同僚の男から誘いを受けたことがあった。しかし、その男は出世街道を目指しているようなところがあって、好きになれなかった。能力を鼻にかけるようなところもいやらしかった。俊哉にはそういうところがない。こういう人となら楽しい人生が送れそうだと思う。二人きりで山登りもしてみたい。

「あまり長いことサボっていてはまずいでしょ。そろそろ引き揚げましょうか」

俊哉が言った。本当はいつまでもいたいが、亜記奈の職場のことも考えなくてはならない。

「そうですね。又お会いできるのを楽しみにしています」

二人は携帯電話の番号を交換してその日は別れた。亜記奈にとっても、俊哉にとっても印象の深い日になった。

三

俊哉は休みの前になると亜記奈に電話するようになった。

「今度、都の美術館に行きませんか。ルーブル美術館のいい絵が来ているんですけど」

と言うこともあれば、

「佃島辺りを歩いてみませんか。古い街並みが素晴らしいですよ」

と言うこともあって、亜記奈には経験をしたことのない所に連れて行ってもらえるのが嬉しかった。しかし、多忙の中での誘いは、彼には負担なのではないかと、亜記奈は心配でもあった。

季節は寒くなっていた。いつの間にか亜記奈はコートを羽織っている俊哉の腕に自分の腕を回して散策を楽しんでいた。寒風が吹くときは、俊哉の温かいコートが肩から体を覆ってくれるのだった。

デートは一般のようにに必ずしも土、日というわけにいかないので、どうしても彼の都合がつく夜が多かった。それでも亜記奈は彼から電話がくるのが楽しみであった。どんな時も会うことを優先した。退け時に電話がかかってくると、亜記奈の母親は、

「梅崎さんとデートかい。梅崎さんにご迷惑かけてばかりしていてはいけないよ」

と、言うのだった。

寒い冬が過ぎて、春は二人の心をも温かくさせていた。

俊哉からハイキングの誘いが来たのは、連休に近いころだった。

「今度の休みに、八ヶ岳近くの小高い山にハイキングに行きませんか。そんなにきつい高さではないから」

「でも、お休み取れるんですか」

「ええ、やっと取れそうなんです。今まで無理働きしてきたから、上司もOKしてくれました」

亜記奈はすぐ快諾の返事をした。たまには自然の中を歩くのも楽しいだろう。それも好きな俊哉とならなおさらだ。

当日の朝、亜記奈は俊哉に言われた通り、スラックスに運動靴、長袖の厚手のシャツ

にリュックサックを背負って、待ち合わせ場所の新宿駅に、時間より早くやってきた。混み始めているプラットフォームで待っていると俊哉も遅れずに来た。

「お待たせ。もう登山姿の人たちが大勢ですね。八ヶ岳や南アルプスに向かうんでしょう」

「何かわくわくします」

亜記奈はこういう登山者の群れに交じるのは初めてなのだ。まるで小学校の遠足のときのように思う。

列車が入ってきて列を作っていた人々が乗車し始めた。乗客は混んでいたが、二人は席に並んで座ることができた。更に次々と乗ってくる客は、もう通路に慣れたふうにリュックを下ろして座り込んでいる。通路に座るなんて初めて見るので、亜記奈は驚いた。人々の話し声がにぎやかだ。列車が動き始めてもにぎやかだ。

窓の外を眺めていると、都会の家々がまばらになって、次第に遠くから山並みが迫ってくるような風景になった。やがて大きな駅に着くと、本格派の登山者がぞろぞろと降りた。いくらか列車内が空いて息苦しさがなくなると、俊哉たちも降りることになった。

「飯岳は本格派には物足りないから、ぼくたちだけだね。ここからあまり離れていないから、山登りというより、ハイキングってところ」

「俊哉さんって何でもよく知ってらっしゃるのね。安心してついて行きます」

亜記奈はそう言って俊哉を見上げた。

「今日は天気に恵まれてよかった。これなら富士山も八ヶ岳もよく見えると思う」

「楽しみね」

亜記奈は人のいないのを確かめて、俊哉の手を握った。温かい手だった。俊哉もやわらかい亜記奈の手を引くようにして山道を歩き始めた。どこかで鳥のさえずりがした。澄んだ鳴き声だが、どんな鳥なのだろう。空はあくまでも澄んでいる。

「あら、この黄色いお花、キツリフネね。綺麗ねえ。山の植物って、どうしてこんなに美しいのかしら」

植物の名にかけては亜記奈はよく知っている。山道を登りながら亜記奈は道端の草花に目を奪われていた。

やがて頂上に着いた。

「わあ、素晴らしい眺め。俊哉さん、あれあそこに見えるのは何という山」

「あれは八ヶ岳だよ。ずーっと振り向くと後ろのほうに富士山が見えるでしょ」

「ほんと。素晴らしいわ」

暫く我を忘れて山々を眺めていた亜記奈が、座り込んでリュックサックからビニールシートを取り出して広げた。そしてまだ立ち尽くしている俊哉の手を引いて言った。

「ここに座ってお昼を食べませんか。おむすびを作ってきましたの」

「わあ嬉しい、それは有難う」

俊哉と亜記奈は富士が見えるほうに向かって並んで腰を下ろした。亜記奈が広げた包み紙の中からは、海苔で包んだおむすびと香の物のほか、焼きたらこなどがあった。

「どれも美味しそう」

そう言って、俊哉はおむすびの一つをつまみ上げた。俊哉がこうした家庭料理にありつけるのは久しぶりのことだった。食事はせいぜいコンビニで買ってくるものだった。自炊することもあるが、だいたいが豚肉で作ったトン汁か、カレーか、冬はおでんくらいだ。大根などの野菜は使いきれずに、味噌汁の具にしても半分は無駄にしてしまうので、どうしても気が進まない。一人というのは実に不経済だ。家庭料理はいいなと思うのである。

そんな感慨を抱きながら食べ終えると、俊哉は亜記奈を促して山並みを背景にして写真を撮っていった。その時、俊哉は向かいの山影から灰色の雲が近づいてくるのに気が

付いた。同時に濃い霧が湧いてくる。彼が経験したことのないものだった。不安を感じて、

「ちょっと雲行きが怪しいから、撤退したほうがよさそう。亜記ちゃん下山しよう」

と、言った。亜記奈を不安がらせまいとして言ったつもりだったが、声が大きくなっていた。

「はい。じゃあ急ぎましょう」

亜記奈の声も上ずっていた。二人は早々に下山を始めた。暫く降りて行くと雨が上から襲ってきた。

「やっぱり雨か」

少し濡れたが、下山の速度が速かったので、すぐ雲の晴れ間に出ることができた。

「もう大丈夫。山の天気は変わりやすいから、オーバーに心配しちゃった」

「よかった。こんな経験したのは初めて。ふふふ」

安心した亜記奈に笑顔が戻って、俊哉もほっとした。

帰りの列車も混んではいたが、席を取ることができた。席に座ると二人はさっきの体験を思い出して笑ってしまった。

四

新宿駅に着いて亜記奈と別れた俊哉は、携帯の電話を田舎の母から受けた。

「どこに行っていたの。何度も電波の届かないところにいるって言われたのよ」

「ちょっと山に行っていたから。ところで何？」

「畑に行ってた父さんが大変なのよ。さっきこっちに竜巻が起きて、飛ばされたどこかの屋根が、父さんにぶつかって、病院に担ぎ込まれたんだよ。当たり所が悪くて、意識がもうろうとしているらしくて、集中治療室にいるんだよ」

「ええっ。そうか、それじゃあすぐ帰る。最終列車になると思うけど」

「じゃあ待ってるよ」

彼はその足で田舎へ向かった。駅からはバスはもう終わっていてタクシーで駆けつけた。

家では母親がおろおろして俊哉を待っていた。俊哉を見るとほっとした様子で、

「こんなことは初めてだよ。竜巻が起こるなんて。そして父さんが竜巻にやられるなんて。なんて運が悪いんだろうね。病院はもう遅いから明日行くことにして、夕飯はまだ

なんだろう」

と言って、煮つけなどを食べさせた。俊哉にとっては久しぶりの母の味であった。テレビのニュースでは、本日竜巻が起きて家々の屋根が吹き飛ばされたり、畑にいた近くの梅崎諒一さんが被害を受けて、病院で手当てを受けているというようなことが放送されていた。ニュースの当事者になっていることが不思議な感じでもある。

俊哉の携帯が鳴って出ると亜記奈からであった。今日の登山への感謝が述べられてすぐ、

「今、ニュースで俊哉さんの田舎で竜巻が起きて、梅崎さんという方が被害を受けたとありましたけど、俊哉さんのご親族の方ではありませんか。お名前が梅崎さんとあったので、心配しています」

「ええ、今田舎に来ているんですけど、父なんです。入院しているので、明日様子を見に行くことになっているんです」

「やっぱり。ご心配ですね。わたしも明日お見舞いに行ってもいいですか。お母様にもお会いしたいし」

「有難う。せっかくのお休みなのにすみません。駅まで迎えに行くので、列車に乗った

ら電話ください」

母に電話の主は今付き合っている女性で、見舞いに来てくれるというから、会ってやってほしいと伝えると、母も納得したようだった。

「もし、父さんが寝たきりにでもなったら、おまえはどうするつもりだい」

「いずれは跡を継がなければと思っていた。しかし、その時が早くなりそうだね」

「もしそうなったらだけどね。嫁さんの問題もあるから、考えといておくれ」

翌日、亜記奈が早々とやってきた。昨日とは変わって綺麗に化粧して、花束を手にしている。いかにも都会のお嬢さんといったふうである。

「こんなに早い時間に有難う。疲れたでしょう」

「いいえ。この度は大変でしたね。驚いたでしょう。お母様はいかがですか」

「心労で少し参っている感じです。何しろ今までに竜巻なんて起こったことがない地方だから。とりあえず家に寄って、それから病院へ。ぼくもまだ病院へは行っていないんです」

「母もよろしくと申しておりました」

「ご心配いただき有難う」

二人は駅を出ると、俊哉が乗ってきた車に乗り込んで、俊哉の家に向かった。

「この辺りは畑ばかりで驚いたでしょう。ぼくが高校までは村だったんです。その後町村合併で隣の市に吸収される形で市になったんです。市になってもそれほど賑やかになったわけでもないし、まあ、市営の総合病院が来たくらいかな」

運転しながら俊哉は亜記奈に説明した。

「そうなの。でも、わたしこういう所で生活するって、いいと思うわ」

どういう意味かは俊哉にはわかりかねたが、少なくとも好感を抱いていることは理解できた。

家では母が待っていた。亜記奈は俊哉に紹介されると、神妙な面持ちで挨拶した。母は一目見て好感を持ったようだった。亜記奈は緊張していたが、この人は自分を受け入れてくれると感じた。母が支度をしている間に亜記奈は俊哉にささやいた。

「お母さん、いい方ね」

「そう思う？　よかった」

支度を終えて母が出てきた。三人は車に乗って病院へ向かう。

「市になって、病院も総合病院が移ってきて助かるのよ」

と、母が説明した。

父が入っている病室は三階にあった。看護師たちが忙しく行き交う通路の先に父のいる病室があった。集中治療室にいる病人には親族以外見舞うことはできない。亜記奈はとっさに俊哉の機転で妻という身分で入室した。妻と言われて亜記奈は嬉しかった。いずれそうなるという思いはあったが、いざそう言われると照れ臭くもある。

父は無言でベッドに横たわっていた。母が呼びかけると、目はそちらを向いたが、返事はない。長居は禁じられているので、俊哉は様子を見るだけで退室しなければならなかった。

医師の話では、もう少し様子を見ないことには何とも言えないとのことだった。

病院を出て、車に乗り込むと、母が言った。

「父さん、よくなってくれるといいんだけど。せめて、話ができればねえ」

「そうだね」

会話はどうしても沈みがちになった。しばらくして、母は気を取り直したように、明るい声で言った。

「みんなお腹すいたでしょう。今度近くに食事処ができたので、そこで何か食べることにしよう。まあ、亜記奈さんには気の毒だけど大したものはないのよ」

「いえ、お心遣いなく」

「へえ、そんなものができたのか」

と、俊哉が感心して言った。

なるほど、美食食堂と看板を掲げた店がある。店には食事には中途半端な時間のせいか、パラパラとしか客はいない。三人は空いている隅に席を取った。母がメニューを見ずに決めた。ここの定食でいいでしょと、念を押して二人に同意させた。

「これ、美味しいのよ」

母は時々ここに食べにくるらしい。そのほか定食らしく卵に味噌汁や漬物も付いている。食事をすると、いくらか沈んだ空気が晴れてきた。

「ほんとに美味しかったです。ご馳走様でした。やっぱり卵も地鶏の取れたてだから美味しいんでしょうね。東京のスーパーなどで売ってる卵とは全然違います」

亜記奈が言った。

「そうなのね。養鶏農家から今朝取れた新鮮な卵が入るから。でも、よくわかるのね」

「大学時代に調理師免許を取っているものですから」

「そうなの。それは素晴らしい。将来、お店でも持ったらいいわ」

「いえ。お店を持つにはもっと腕を磨かなくては」

「母さん、そんなにけしかけるもんじゃないよ」

と、俊哉が助け船を出したので、話はそこで終わった。

帰りの車の中で母が言った。

「来年は畑をどうするかだね。父さんがあんな状態では、ちょっと期待できないし」

そう聞くと俊哉は胸に来るものがあった。やっぱり自分が早く跡を継がなくてはと思うのだ。亜記奈も俊哉の気持ちを察していた。自分も何とかして俊哉さんを手伝いたいと思う。

家に着いて、母が淹れてくれたお茶を飲み、一休みした。母は俊哉に跡継ぎのことは何も言わなかった。俊哉も何も言わないが、何かを心に決めているように見えた。

「久しぶりに裏の畑を見てみたい」

俊哉はそう言って勝手口から外に出た。自然に亜記奈も俊哉に従った。

畑では大根の葉や蔓を伸ばし始めたキュウリ、トマトなどが育っていた。ここでは竜巻の影響はないようだった。その葉をいつくしむように撫でる俊哉を見て、亜記奈も真似た。手から伝わってくる感覚は不思議に安らかなものだった。わたしはこの感覚が性に合っているのかもしれない、と思った。

俊哉はその日帰る亜記奈を車で送って戻ってくると、母が言った。

「いい娘さんじゃないか。大事にしなくちゃいけないよ」

五

父の病状は一進一退だった。治っても以前のようには仕事ができないだろう。俊哉は覚悟を決めて、いったん東京に戻ることにした。

会社では連休を終えて、皆いつもよりは充実しているように見えた。俊哉は別の意味で充実していた。生きがいという意味では、はるかに満たされる人生に船出しようとしているのだった。

亜記奈に電話して俊哉は見舞いの礼を言い、会う約束をした。会社を辞めて田舎へ帰ることを伝え、結婚の申し込みをするつもりだった。彼女はどう言うだろう。俊哉には亜記奈が受け入れてくれるだろうと思うが、確信はなかった。断られたらその時はその時だと覚悟した。

いつも会う喫茶店で彼は言った。

「父がどうなるかわからないので、ぼくは会社を辞めて父の跡を継ぐつもりですが、それでも一緒に来てくれますか」

「はい、よろしくお願いします」

ためらわずに亜記奈は応えた。俊哉は嬉しかった。

「ぼくはあなたと一生を過ごしたいとずっと思っていたんです。でも、東京を離れて田舎で農業をするぼくでいいんですね」

「勿論です。でも、お願いがあります。わたしの心は決まっていますが、母にも言ってください。きっと喜んでくれると思いますから」

そういう親思いのところもいかにも彼女らしくて、嬉しかった。俊哉はその日亜記奈について家に行った。俊哉は母親に挨拶するとすぐに、床の間の隣にある仏壇の前に座ると、線香に火をつけ手を合わせた。

亜記奈の父、清吾の事故に遭ったときのことが、よみがえってきた。

「あの時は本当にお気の毒でした」

俊哉が未亡人である亜記奈の母に言った。

「恐れ入ります。あなた様のお父様もこの度はとんだ災難でしたねえ。テレビのニュースが出たときは驚きました、同じご苗字でしたので。まさかと思いましたが」

「はあ。まだ父の状態がはっきりしないものですから、ぼくが跡を継がなければならなくなりそうです。会社を辞めて田舎へ帰ることにしました。それで、亜記奈さんと田舎で生活をしたいのです。亜記奈さんもいいとおっしゃってくれましたので、お母さんにお許しをいただきに来た次第です」

と、俊哉は頭を下げた。

「わかりました。有難うございます。不束な娘ですがよろしくお願いします」

「わたしが栃木へ行ってしまうと、母は一人っきりになるので心配でしたが、幸い姉が来てくれるので安心しました」

「この娘の姉が嫁いだ相手が転勤で広島に行っていたんですが、来年には東京に戻ってくるらしいので、うちに同居することにしていますの。賑やかになりますが、孫のお守りも付いてくるので大変でしょう」

と母は笑った。

俊哉は亜記奈の母の作った手料理で夕飯をご馳走になって、家を辞した。亜記奈が途中まで送ってきた。

「今日は有難うございました」

と、亜記奈は俊哉の腕に回していた手に力を入れて、他人行儀で言った。

「よかったね。お姉さん一家も来るなら、お母さんも安心だ。でも、きみの仕事のほうはどうするの」

「今月で辞めます」

「でも、それじゃあ、せっかくの今までのキャリアが無駄にならない？」

「それは続けるつもりよ。これからは高齢者に向けて薬はどうしても増えると思うし、まだ未解決の病気もあるし、医療は地方でのほうが必要とされると思うの。それにわたしは田舎の生活のほうが向いてるんです」

「そう。それじゃあこの辺で。また、連絡します」

すると亜記奈が俊哉の手を引いて、俊哉に唇を寄せてくるのだった。俊哉が亜記奈の体を包むように抱くと、二人は熱い口づけをした。

亜記奈の背後には茜雲が二人を祝福するように広がっていた。

六

亜記奈と俊哉が身内だけのささやかな結婚式を挙げて、栃木の俊哉の故郷にやってくると、地域の住民は大喜びで迎えた。そうでなくても人口が減り、高齢者が増えて限界集落への道を急いでいるのだから、農業をする若者は大歓迎だったのである。

「これから、農業のことを教えていただかなくてはなりませんので、よろしくお願いします」

母と共に挨拶して回ると、皆「何でも訊いておくれ」と言ってくれるのだった。俊哉は東京へ出てまだ十年しか経っていないから、地域の人々は殆んどが顔見知りで、その点溶け込みやすかった。

「うちの息子も俊ちゃんみたいに戻ってきてくれるといいんだがねえ」

などと言う人もいる。

「俊ちゃんはいい嫁さんをもらって、羨ましいよ」

などと言われると、お世辞とはわかっていても、俊哉も亜記奈も悪い気はしない。

入院していた父親が暫くして亡くなった。俊哉の結婚報告も認識できずに、まだ六十にもならない死だった。母親は覚悟をしていたようで、会葬に来てくれた近所や知人にも気丈にふるまっていたが、葬儀が終わり会葬者がいなくなると、

「父さんはさぞ残念だったろうねえ」

と、涙を流した。そして、俊哉たちに言った。

「でも、体が動けず、意識も、しゃべることもできずでは、辛かったに違いないよ。父さんの分まで俊哉には生きて頑張ってもらわなくちゃね」

「そうだね。来年の作付も考えなくちゃと思っている。今年のできはあまりよくなかった。雹にもやられたし、気候が悪すぎた」

「まあ、うちでは自分のうちで食べるだけの稲作で、大きく稲作をしていなかったから、豪雨だの日照りにはそれほど影響を受けずに済んだ。父さんの判断が良かったんだね」

亜記奈は今更ながら気候の怖さを知らされた。

地域の区長の集まりに俊哉が呼ばれたのは冬に入ってすぐの頃だった。

「梅崎俊哉さんに来ていただいたのは」

と、まだ俊哉を知らない他の区長に紹介かたがた、俊哉の地区の区長が言った。

「ここのところ、どこも同じだけんど、ここも高齢化と人口減少に歯止めがかからない

ので、何とかいい方法がないかと、若い人の意見を聞こうということなんだ」

「そうだね。このままではじり貧だもんな」

「俊哉くんどうかね」

と、振られたので、俊哉は言った。

「特別いい案はありませんけど、ここには道の駅がありませんね。道の駅を造ったらどうですか。高速からインターチェンジを降りてくれれば場所はいいと思うんです。そこへみんなで出荷すれば日銭が入るから、励みにもなるでしょう」

「なるほど。それは賛成だ、ちょうど夢戸地区に車の修理工場の跡があるな。あそこは使われず空き家になっているはず。持ち主と掛け合ってみよう」

「ちょっと内装に手を加えれば、ちょうどいいかもしれん」

みんなの意見が一致して、早速道の駅を造ることに決まった。空き家の持ち主との話も付き、計画はとんとん拍子に進んだ。代表の何人かが何か所かの道の駅を視察し、運営の仕方などを学んできた。

計画が進むと地域にもなぜか活気が出てきた。

「道の駅ができるといいね。うちも出せるものを作っているから」

と母親も楽しみにしている。

「うん。うちはこれからも有機栽培で行こうと思ってるんだ。これはいい狙いだと思う」

「そうね、消費者は健康に敏感だから、いいんじゃないかしら」

と、亜記奈も賛成した。

俊哉は寒い間、有機栽培のための肥料作りに精を出し始めた。枯葉や道端の枯草を集めるのである。軽トラックいっぱいの枯葉や枯草を積んでくると、それを肥料置き場に下ろして水を撒く。次に養鶏場からもらってきた鶏糞をその上に撒く。更に酪農家からもらってきた牛糞を撒き蓆を被せる。こうして発酵を促すのである。

養鶏場の吉村さんや、酪農家の外山さんはいずれも、今回の道の駅計画で懇意になり、俊哉の有機農業に賛同してくれたのである。できた野菜類の一部は飼料としてあげることになっている。

「来年の作付には間に合わないけど、父さんが作っといてくれた肥料があるから、来年はしのげるよ。土もほら、こんなにしっとりしていて、それでサクサクしているでしょ」

俊哉は掌で土をもみほぐしながら、亜記奈に言う。

そんな俊哉を見ながら、母親は亜記奈に言った。

「俊哉も随分変わったわ。今まであんなに楽しそうにしていたことはないの。あなたと結婚したことと、土いじりをするようになってから、ゆとりができたようで。会社では忙しすぎだったんでしょう。よほどストレスがあったんでしょうね。あの子はやっぱり自然の中で暮らすことがいいんでしょう」

東京から生まれ故郷に戻って、俊哉はやっと蘇生したのかもしれない。俊哉と結ばれ亜記奈にもそれは言えたようである。彼女はこんなに人生が楽しいものとは想像もしていなかったのである。

道の駅ができたら、食事処を開こうか、それともキャリアを活かした薬局を開こうかと、亜記奈は夢を膨らませていた。

（完）

インク・スタンド

一

西毛電鉄の西の終着駅である西井田駅には、毎朝八時になると通学の高校生たちが集まって、賑やかになる。西井田町は西南と西北に谷（やつ）があり、物資の集散地になっていると同時に、両谷（やつ）から男女の高校生が集まってくるところでもある。彼らは自転車に乗ってやってくる。ここには高校がないので、彼らは西毛電鉄に乗って三十分の足原町に通うのである。

足原町には男子校と女子校がある。男子校は県立足原高等学校といい、女子校は県立足原高等女学校といった。

中原雄二は東京から戦争激化を避けて西井田町に疎開してきて、足原高校の前身である足原中学に編入したのであった。彼が疎開してきたころは足原中学に編入する生徒は大勢いた。しかし、それも戦後三年もすると世情の見極めがつき、東京などに帰ってゆく生徒も出始め、やっと落ち着いてきたのだった。

戦争中に父親が病死していたので、母と雄二と兄が疎開した先は母親の実家であった。

実家には何人もの従兄弟がいて、長く同居させてもらうこともできず、実家の持っている家作が空いたのを機にそこに住むことになったのである。

世情が落ち着き、今まで束縛を感じていたものが取り払われると、世の中が急に明るくなってきた。兄は役場に勤め始めて一家を支え、雄二は手当たり次第に本を読んで過ごした。従兄弟が持っていた吉川英治の『宮本武蔵』、『三国志』、阿部次郎の『三太郎の日記』などを借りて次々に読みふけったのである。更に学校の図書館にある文学全集は好個の読み物であった。

俳句に詳しい国語の教師の影響で俳句にも興味を持って、町の俳句同好会が開催する句会にも出るようになった。同好会は「ほととぎす」系であったから、必然的に彼は松本たかしが主宰する『笛』という雑誌を選んで投句した。そして何度か投句すると三回に一度は採用されるようになっていた。

高校三年になると、クラスは進学組と就職組に分けられ、別々の授業を受けるようになった。雄二は経済的にとても進学は望めないので、就職組になった。就職組の授業内容は進学組とは異なっているのかどうかわからなかったが、どこかゆとりがあって、雄二の心をおおらかにさせるのだった。将来何になれるか見当もつかない日々を送る雄二は、進学組が目の色を変えているのを見てもあまり気にも留めないでいた。

学校から紹介された銀行の面接に行って、算盤はできませんと答えたのでみごとに落ちた。

「それじゃあ落ちるのは当たり前だぞ」

と、担任の教師に言われ、嘘をついて入ったところで、後々苦しむようなことにはなりたくないと思うのだった。

小説を読んでも、俳句を作っていても満たされない雄二の心を動かすものがあった。それは通学のときに同じ電車に乗る一人の女学生なのであった。名前も知らない、ただ西南の谷から自転車に乗って通学しているということがわかっている子であった。取り立てて美人というのではないが、清潔感があっておとなしそうで可愛く思われた。多くの女学生が駅で電車を待つ間やかましいくらいにしゃべっている。その中で彼女だけは物静かで、時折友達と少し口を利くくらいなのだ。髪も肩まで届くか届かないくらい。額の上で七三に分けていて、きちんととかしている。やや丸顔で、いかにも利発そうなのであった。

雄二には女友達がいなかった。従兄弟は男ばかりだし、中学からはずっと男子校だった。初めて彼はこの女生徒に恋心を抱いたのであった。女の子はどんな気持ちでいるのだろう。話をすればどんなに楽しいことだろうと思う。

彼は手紙を書くことにした。初めて書くラブレターである。受け取ってもらえるかどうかなどと考えることはなかった。必ず受け取って、いい返事がもらえるとしか考えなかった。思い込んだら一直線のようなところがあったのである。

「初めてお便りします。驚かないでください。足原高校の三年で中原雄二といいます。ぼくは決して不良ではありません。あなたと楽しくお付き合いしたくてお手紙差し上げるのです。ぼくは戦争が終わる直前に東京から西井田町に疎開してきて、今日まで過ごしてきました。趣味は小説を読むことと俳句を作ることです」

文学を学ぶことと言いたかったが、少し硬いかと思って小説を読むこととした。

「あなたの趣味は何ですか。あなたの好きな科目は何ですか。ご返事をお待ちしています」

そこまで書いて自分の住所と名前を書き添えた。書き終えると、はたして返事をくれるだろうかと急に心配になった。そして、この手紙をどうやって渡そうかと思った。そこまで考えていなかったのである。電車の中で渡すわけにはいかない。とすると、駅か、自転車預かり場所しかない。駅では人目に付くから、自転車預かり場で渡すことにした。

自転車預かり場は駅の近くにあるが、管理している事務所に隠れて人目につかない。彼は想像していた以上に難なく彼女に手紙を渡すことに成功した。

彼女は彼の身なりを見て足原高校の生徒だとすぐ理解したようだった。そして彼が差し出した封筒を見てちょっとためらって、

「なんですか」

と、不思議そうな顔をした。しかし、それは難詰するような態度ではなかった。

「ぼくの書いた手紙です。真面目な気持ちで書いたので読んでください」

彼女は誰かに見られては困るとでもいうように、彼の差し出したラブレターをおずおずと受け取った。

彼はもう天にも昇る気持ちだった。誰かに見つからないように、彼は急いで駅に向かったが、胸がドキドキして、その日の授業にも身が入らなかった。はたして返事をくれるだろうか。それからの毎日は返事の来るのを待ちわびる日々であった。

四日ほどして、返事が来た。きちんとした字で山室奈津子とあり、住所も書かれていた。彼はその時初めて彼女の名前を知った。いい名前だと思った。封を切るのももどかしく、手紙を読んでみると、次のように書かれていた。

「お手紙拝見しました。あなたが不良でないことはわかりました。でも、わたしは女学校二年で、男子の方とお付き合いするのはまだ早いと思います。勉強もしなければならないですし、お付き合いが勉強に差し障ることを心配します。ですから、ごめんなさい」

彼はそういうこともっともだと思う反面、これは脈があると思うのだった。彼はすぐ手紙を書くことにした。住所は町の西南の谷にあたる紅沢村だった。

「お手紙読みましたが、ぼくにはどうしてお付き合いが勉強に差し障るのかわかりません。お付き合いすることで、ぼくたちの人間性を高めてゆけると思うのです。今、世の中は変わりつつあります。男女平等もいわれています。それなのに、学校ではそういうことを教えていません。若い今こそそういう考えを実践するべきだと思うのです」

そうは書いたものの、彼はどうしたらいいのかわかっていたわけではなかった。でも、書いてしまうとすぐに封をして投函した。

奈津子からの返事が四日ほどして届いた。

「お気持ちはわかりました。お会いしてお話ししたいと思います。土曜日の帰りか、日曜日ならわたしはいいです。中原さんのご都合がいいときはいつですか。また、どこがいいか教えてください」

東京なら若い男女がどこで会っていようが問題はないが、この田舎町では人目について何を言われるかわからない。あらぬ噂をたてられるだろう。考えると場所の選定はなかなか難しかった。いろいろ考えた末、雄二は町のはずれの忠魂碑が建っている広場を思いついた。ここなら、奈津子の家への帰り道にも近い。

二

夏休みが近い土曜日の午後、雄二は忠魂碑のある広場で奈津子の来るのを待っていた。ここで会うことを手紙で打ち合わせていたのである。彼は今心臓がドキドキしていた。忠魂碑のある場所は高台にある。奈津子の家へ通じている道から少しそれると、階段がついていて、十数段も上ると広場になっているのである。戦争中、町から出征して行って亡くなった戦没者を祀ったのだ。それがそのまま残っていて、今ではお参りする人もいないようだ。

広場からは西井田町を見下ろすことができる。後ろを小高い山が迫って涼しい風が吹いていた。

あまり待つこともなく階段を上ってくる気配がして、奈津子が現れた。彼女は雄二の顔を最初に自転車預かり所で手紙を渡されたときに、ちらと見ただけで、はっきりとは覚えていないが、約束の場所にいる男子高校生は一人しかいないので、手紙の主がこの人だと思ったのである。

「中原さんですネ。お待たせしました」

と、奈津子が言った。少し緊張しているようである。

「いいえ。少し前に来ただけ。呼び出してしまって、ごめんなさい」

雄二はそれだけを言うのが精いっぱいだった。会ったら言おうと思っていた言葉が出てこない。二人は広場のベンチに腰をかけた。雄二の隣に奈津子が座ると、いい香りがした。初めての女の子の香りであった。

「今日は学校は何時までの授業だったの」

雄二はちょっとぞんざいな訊き方をした。

「お昼まででした。先生も何か用事があったようで、早じまいでした。いつもはお説教みたいなお話があるんですけど」

奈津子はそう言ってほほ笑んだ。そして、

「あなたは東京からいらしたとありましたけど、どちらでした」

「滝野川でした。今は北区といっているようだけど」

「そうですか。わたしも東京からの疎開者なんです。目黒区ですけど」

「そうだったの。道理でほかの女学生たちとは違うなと思ったんだ」

「あら、違って見えますか。色は黒いし、言葉もだんだんこちらに同化しちゃってるのが自分でもわかってるんです」

「そんなことないって。なっちゃんは美人だし、おしとやかだし」

そう言ってから、いつの間にか奈津子のことをなっちゃんと呼んでいるのに気が付いて、雄二は顔を赤らめた。

「ごめんね、なっちゃんなんて呼んで」

「いいの。友達は『なつ』とか、『なつめ』とか言うんです。だから嬉しいわ。あなたのことをゆうさんと呼んでもいいかしら。そのほうが親しみが湧くから」

雄二も奈津子も心が開いてゆくのを感じるのだった。額のあたりで分けて、肩近くまで下げた髪を、奈津子が時折手で耳の後ろにすくしぐさも、雄二には好もしく感じられるのだった。

「夏休みは何か計画があるの。ぼくの家は働き手は兄だけで貧乏だから、夏休みは働かなくちゃならないんだ。前に働いたことのある知り合いの印刷所でね。だからなかなか会えないと思うんだ。でも手紙は書くから、忘れないで」

「あら、忘れるなんて。わたしも手紙書きます。貧乏だなんて。疎開者は財産を捨ててきたみたいだから、仕方ないんですよね。うちもそういうことなら貧乏です。わたしは一人っ子で、父は東京とこちらを行ったり来たり」

「それじゃ寂しいね。早くお父さんと一緒に住めるといいけど。でも、そうすると、なっちゃんは東京に行っちゃうんだ。それも困るなあ。ぼくは卒業したら就職しなければならないんだ。この辺じゃ就職口もないし、あっても金融機関とかで、ぼくの進みたい道と合わないから考えているところなのさ」

「どんなお仕事がしたいの」

「うん、できればだけど、新聞社とか出版社みたいなところ。でも、新聞社なんかは大学を出ていないと無理かなあ」

「わあ、すごいわ。ゆうさんみたいに頑張る人なら、きっと大丈夫よ」

奈津子はまだ卒業するまで一年以上あるから、職業などは考えたこともない。勉強次第では進学できるかもしれない。進学して何を勉強するのかもまだはっきり考えていないのである。ゆうさんはもう進む方向を考えている。自分は一人っ子で身近には男の人は父以外にいないから、男子のことはわからないが、男子ってすごいなあと思う。

「それは夢で、どうなるかわからない。目下は印刷所で手伝い仕事をすること」

と、雄二は夢から覚めたように言った。

「どんなことをなさるのかしら」

「鉛でできた活字を、原稿を見ながら活字棚から拾ったりするんだ。たくさん並んだ活字の中から探すのって意外に面白いよ。活字は部首で並んでいるから、まるで漢字の辞書で字を探すのと同じで勉強にもなるしネ」

「面白そう。ゆうさんて偉いのネ」

「偉くはないけど、単調でないから面白いよ。なっちゃんは放課後の課外活動は何をしているの？」

「わたしはテニス。ゆうさんは？」

「ぼくは文芸部と演劇部に入ってるんだ。テニスは楽しそうだけど、ぼくは運動は苦手だからなあ。文芸部は本の講読や俳句を作ったり。でも、毎日ではないから、演劇部にも顔を出して。結構面白いよ」

暫くそんな話をしていたが、雄二はふと奈津子と一緒にハイキングにでも行けたら楽しいだろうと思いついて言った。

「都合ついたら、どこかへ息抜きに行かない？」

「そうね。宿題やテニスの練習ばかりしていても仕方ないですものね。でも、ゆうさんは忙しいんでしょ」

奈津子も未知の体験ができるのにワクワクしたが、雄二が無理をしないようにと気も遣うのだった。

「まあ、いくらかは休みが取れるから大丈夫」

「嬉しいわ。その時は連絡してください」

「うん、します」

奈津子は雄二が高校生なのに、働いてお金を稼ぐことにたくましさを感じて、羨ましく思った。わたしなんか、どうやったらお金を得ることができるのだろう。貧乏だと言いながら少しも暗いところがない雄二に、この人と会えたことの幸せを感じるのだった。

その日は、東京での話、学校での話などもした。もっと長く一緒にいたかったが、あまり遅くなっては奈津子の家で心配するだろうと思い別れた。

雄二は初めて好きな女学生と打ち解けて話ができたことで、うきうきして家路についた。いつもと違った何かが彼の心を満たしていた。

奈津子も雄二が心配していたような人ではなくて、楽しいお付き合いができそうな気がして心がうきうきして家に帰る自転車をこぐのだった。いつも通学で通る道と違わないのに、どうしてこんなに楽しいのだろう。奈津子は何度もさっき会ってきた雄二の顔を思い出していた。

三

お互いが初めて会った日、家に帰ると雄二はすぐ奈津子に手紙を書いた。

「今日は本当に楽しい日でした。これからもよろしくね。なっちゃんのこと、いろいろ知ってますます好きになりました。ぼくらの青春を大いに謳歌して、ばんざい」

奈津子も手紙を書いた。

「学校に通うのがとても楽しみになりました。なぜって、学校に通うのにはゆうさんのいる西井田町に行くからです。でももうすぐ夏休みになると学校に行かないので、村の中で過ごさなければなりません。寂しいです」

やがて学校は夏休みに入った。

そんな奈津子のところに雄二から手紙が来た。それには、近々休みが取れるので、村川牧場にハイキングに行きたいが、奈津子の都合はどうだろうかとあった。

西井田町から西北に行くと信州につながる。その手前の高原に村川牧場がある。西井田町からは牧場の手前までバスが出ていて、戦後に再開した牧場が賑わっていた。奈津子は話には聞いていたが、まだ村川牧場に行ったことがないし、一人で行く勇気もないので、嬉しい提案であった。すぐいつでもいいと返事をした。

約束の朝、奈津子は時間通りにやってきた。自転車預かり場のすぐそばがバス乗り場になっている。バスはまだ来ていないので、十人ほどの遠来のハイカーたちが待っていた。皆それぞれにズボンに長袖のシャツを着てリュックサックを背負い、中には登山靴の重装備の人もいる。中年の男女が多い。

バス乗り場にやってきた奈津子は、ズボンにピンクのシャツを着て、運動靴をはいていた。小さなリュックサックも背負っている。彼女の存在は周りをひときわ明るくしたように雄二には思われた。

雄二は知っている人と出会うのを恐れていたが、誰にも会わずほっとした。

バスはほぼ満席で出発した。町中を出ると道路はまだ舗装されていないところがあって、よく弾んだ。そのたびに乗客の嬌声が沸き起こるのだった。二人並んで座っている雄二と奈津子は体が触れ合って、思わず顔を見合わせるのだったが、何より不思議な電気が走るように感じた。それは二人にとって今までにない快感なのであった。

バスは途中でエンジンのトラブルで休んだため、二時間近くかかって高原のふもとに着いた。ここからは坂道を歩いて登らなければならない。坂道はうねるように続いている。二人は遠来のハイカーたちについて、黙々と登って行った。いつの間にか雄二は奈津子の手を握っていた。握るとき奈津子がちょっとためらったので、馴れ馴れしすぎるかと思った。しかし、そうではなかった。

「わたしの手って、ラケットを握っているので、豆ができていて、恥ずかしいわ。ゆうさんの手は柔らかくて素敵」

奈津子は雄二の手のひらの温かさが自分の心まで温められてゆくように思った。

「さあ着いたぞ」

先を行くハイカーたちが声を上げた。見ると目の前には広々とした草原が青空の下に広がっていた。その先にとがった小高い岩が見えるばかり。

「素晴らしいわ。うちの村は行けば行くほど山あいに入っていくので、暗い感じになるの。こんなに明るいところは晴れ晴れするの」

奈津子が言った。

左手の窪地に赤い瓦屋根の細長い建物が見えた。

「あれは牛舎かな」

雄二が指差した方角から牛の鳴き声が聞こえたように思われた。

「どこかで搾りたての牛乳が飲めるそうだよ。後で行ってみよう」

そう言って、二人は草原を歩き始めた。なだらかなスロープを上ってゆくと、ますます草原の先が開けて、山の稜線のようなところに出た。遙か彼方に小さい屋根の集まりが見えた。横にいた中年のカップルらしい人が、

「あの屋根の集まりは信州の町に違いない」

「そうなの。そんなに接しているのね」

と、相手の女性が感心して言った。雄二たちも初めて知って驚いた。信州はそんなに

近いのか。

太陽がさんさんと照っているが、高原には涼風が吹いて気持ちがいい。

「この辺に座ってお弁当を食べません？　わたしおにぎり作って来たの」

と、リュックサックを下しながら奈津子が言った。

「お弁当作ってきてくれたの？　気が利くなあ。ぼくは牧場で何か食べられるかと、簡単に考えて何も用意してこなかった。有難う」

「大したものじゃないの。お口に合わなかったらごめんなさい」

「そんなことないよ。なっちゃんの作ってくれたものなら、何でも美味しいに決まってる」

奈津子が広げた新聞紙に腰を下ろして、二人は昼食をとった。おにぎりには梅干しのほかカツオ節が入っていた。外側を味噌で味付けし海苔で巻いてあるのが珍しかった。雄二が持ってきた水筒の水を、蓋を使って交代で飲むのも、二人には嬉しかった。

高校生と女学生の会話ではどうしても学校のことが話題になる。

「ゆうさんは文芸部に入っているって言ってたけど、どんな本を読むのかしら」

「例えば先月は川端康成の『伊豆の踊子』、志賀直哉の『小僧の神様』を読んで感想を言い合ったりね」

「わたし『たけくらべ』って読んだことあるわ。なんだかとても悲しかった。ほかは国木田独歩の『牛肉と馬鈴薯』を先生が読んで聞かせてくださった。不勉強でわたし本を読んでなくて恥ずかしいわ」

「そんなことないよ。これからいっぱい読めるもの。読めば世の中のことがよくわかるようになるし、教養が広まるって先生が言ってた」

「そう。じゃあこれからゆうさんに教わって読まなくちゃ」

「ぼくだってそんなにたくさん読んでるわけじゃないよ。じゃあそろそろ牛乳を飲みに行こうか」

太陽の位置が動いて、建物の影が少し長くなっていた。

先ほど見えた赤い屋根の建物の中に入ると両側に牛が繋がれていた。動物の匂いがしたが嫌な臭いではない。白い体に黒い斑のある牛である。皆一様に口をもぐもぐさせて所在なさそうである。柱に「ホルスタイン」と書いてあった。

「初めて見るけど可愛いもんだね。牛乳を搾るのはホルスタイン種がいいんだネ」

「これ、社会科見学にくる人に知らせるようね。わたしもこんなに間近で見るの初めて」

二人はそんな話をしながら真ん中の通路を歩いて行った。

牛乳を飲ませてくれるところはその先にあった。何人かが並んでいる。その後について順番を待つ。前の人が渡されたコップを持って神妙な顔で飲み始めた。雄二が二人分の代金を払ってコップを受け、一つを奈津子に渡した。

「有難う。お金を払うわ」

「いいんだよ。これは印刷所で働いた分もらったお金だから。お弁当代には足りないかもしれないけど」

「そんな。では、ご馳走になります」そう言って奈津子が一口飲んで、「すごく美味しいわ。こんなに濃い牛乳って初めて。やっぱり搾りたては違うのね」

雄二も濃厚な味に感動していた。町で飲んでいる牛乳はこんなに濃くはない。これだけでも山川牧場に奈津子を連れて来た甲斐があったように思った。

戦前には宿泊施設もあったようだが、まだ再開はしていなかった。大きなリュックサックを背負った年配のハイカーたちは信州のほうに向かって歩いて行った。

まだ明るかったが雄二たちも帰ることにした。

十五分ほどでバスが出発した。帰りのバスはハイカーがいなくなったせいで空いていた。二人は揺れがいくらか少ないと思われる中ほどの席に並んで腰かけた。それでも道が悪いとかなり揺れるのだった。しばらくして道がよくなると揺れは二人を心地よく揺すった。

奈津子は疲れが出たのか居眠りを始めた。時々目を覚まして、はっとしたが、そのうちに眠りこみ雄二に寄りかかっていた。雄二はそれも嬉しかった。

四

夏休みが終わるころまで雄二は一生懸命印刷所で働いた。働きながら奈津子と一緒に過ごした山川牧場行きの甘い思い出に浸っていた。食事をしようとすると、奈津子が思い出されてきて胸が一杯になり、食事が喉を通らなくなるようなことがあった。これが恋わずらいというものなのかと気が付くのだった。

そんなある日、奈津子から手紙が届いた。山川牧場行きはとても楽しい思い出になりましたとあって、新学期の始まる前にお会いしたいと書いてあった。

すぐ返事を書いて、二日後にこの前会った忠魂碑の広場で会う約束をした。

当日、奈津子が先に来て待っていた。

「ごめんね、待たせた？」

「いいえ、わたしも今来たところよ。お忙しくなかったかしら。もう、印刷所のほうのお仕事は終わりました？」

「うん、もう終わり。おやじさんに喜んでもらった。案外楽しい仕事だった」

「そう。よかったわね。実はね、この間クラスの社会科見学で埼玉県の長瀞へ行ってきたの。社会科見学っていったって遊びに行ったようなもので、舟で川下りをしたり、お土産屋をのぞいたりしたの。それで、ゆうさんにこれお土産です」

そう言って奈津子は紙包みを差し出した。開けてみると、中から灰色がかった緑色の岩でできた文鎮のようなものが出てきた。雄二にはすぐインク・スタンドだとわかった。手前にインクを入れる小さな壺があり、右手には鉛筆にはめるキャップのようなものが埋め込まれている。ここにペンを挿しておくのだろう。万年筆を持っていない雄二がペンを使う時に便利な文房具であった。

「有難う。勉強するにも、なっちゃんに手紙を書くにも便利で嬉しい」

「この材質は長瀞特有の岩を削ったものなんですって。触るとぽろぽろはがれそうですけど、はがれないって店の人が言ってたの」

「大事に使わせてもらうね」

雄二が喜ぶのを見て奈津子は買ってきてよかったと思った。奈津子は長瀞で経験した舟での川下りの話をした。今にも岸の岩にぶつかりそうになって、みんながきゃあきゃあ大騒ぎしたことや、水しぶきを浴びたことなど、思い出して大笑いして雄二に話すのだった。

「そう、ぼくもいつか行ってみたいな」

「そのときは、わたしと一緒よ。案内できるもの」

奈津子はそういう時が本当に来たらいいなと思うのだった。

夏休み中、彼女は時々学校に行ってテニス部の強化練習に参加していた。仲間に「奈津子、この頃すごくうまくなったよ」と度々褒められるようになった。雄二と付き合うようになって、心にハリが出たのか、自分でも上達したように思う。

「ひょっとして、いい人ができたんじゃない？」

「そんなことないわよ」

と、言いながら、奈津子は心の中で（ゆうさんのお蔭かもしれない）と心が満たされるのだった。それは三学期が始まっても続いた。クラスの中でも、

「奈津子、この頃とても艶っぽくなったんじゃない？　いい人がいるに違いないよ」と言われることが多くなったのだ。自覚はしていないが、女はひとりでにホルモンが湧き出るのかもしれなかった。奈津子はそうした女のカンに驚くのだった。しかし、友人のひやかしを否定するたびに、心の中では嬉しさが増してくるのであった。

三学期が始まったが、雄二は勉強に身が入らなかった。代数のような勉強が社会に出て役に立つのだろうか。同じクラスの神田もそう言って代数の授業をサボっては、演劇のための勉強をしていた。彼はいつか演出家になるのだということだった。雄二は図書館から借り出した文学全集を授業中に読んだりしていた。それでも時々抜き打ち的に行われるテストには平均点以上を取っていた。

二月に入ると、進学組は猛特訓だったが、雄二たち就職組は授業に出席する者も少なく、開店休業といった有様だった。

ある日のこと、学校から帰ってきた雄二は母に呼ばれた。

「ちょっとここに座りなさい」

母の態度がいつもと違っていた。何か不吉なものを雄二は感じて母の前に座った。

「これをみんな読みました」

母の横には奈津子からの手紙が集められていた。彼の机の引き出しの中に入れておいたものである。彼の留守中に見つけられて読まれたとわかった。

「この女学生との交際はやめなさい。この人も断っていたじゃないの」

それは一番初めの手紙の返事であった。でも雄二の説得で付き合うようになったのである。

「どうしていけないの」

と反発する雄二に母は言った。

「まだ異性と交際するのは早すぎます。二十歳を過ぎて責任を取れるようになってからならいいでしょう。この小さな町ではすぐに噂が広まります。これでも、我が家は貧しくても立派な家系なんです。家系に傷がつくようなことは許しません」

母の態度は厳しくて動かしようがないのを感じた。

「この子と山川牧場に行ったのね。お母さんには何と言った。俳句の仲間と吟行に行くと嘘をつきましたね」

雄二は母に追い詰められて遂に奈津子との交際を断念することになったのであった。

雄二は母が席を外すとさめざめと泣いた。母の無慈悲を恨んだが、対立すれば家を出なければならない。どこに行くというあてもない雄二は従うしかないのであった。泣く泣く彼は奈津子に手紙を書いた。

「なっちゃん、ごめんなさい。今になってこんなことを言うぼくを許してください。家庭の事情でどうしても君とお付き合いできなくなりました」

母の反対でとはどうしても書けないのだった。

「君との楽しかったお付き合いは一生忘れないでしょう。ぼくはこの春から就職のためどこかに行きます。東京に戻れるかもしれないし、県内かもしれません。君と離れていても、決して忘れることはありません。この前にいただいたインク・スタンドを使ってこれを書いています。これはどこへも肌身離さず持って行きます。またいつかお会いできたら嬉しいです。本当にごめんなさい」

泣く泣くこれだけ書いて雄二は手紙を投函した。

奈津子はこの手紙を読んで悲しかった。いったいゆうさんの身に何が起きたのか。家庭の事情とは何か。授業中もそのことで頭が一杯だった。雄二のことを考えると、それだけで心がわくわくしたのに、これはどうしたことか。ふさぎ込んで授業に身が入らなかった。先生の言葉が頭の上を素通りしてゆくのだった。

雄二の姿は西井田駅にも現れなくなった。いつもは男子高校生の間にちらと見えるだけで心がうきうきしたものだったのに。ゆうさんもわたしの姿を見てくれていたように思う。奈津子の心はうつろになっていた。ただ、あのインク・スタンドをずっと大事にしてくれるという言葉がせめてもの慰めだった。

暫くして、雄二が東京の広告会社に勤めることになったことを知った。たまたま駅で男子校の文芸部の後輩が噂をしているのを耳にしたのだった。

噂のとおり雄二は担任の教師の知り合いのつてで、広告会社に就職したのであった。彼は会社の寮で忙しい日を送ることになったが、あのインク・スタンドだけはトランクの中に大事にしまっているのだった。

（完）

墓参めぐり

墓参めぐり

一

桜田学は日曜の新幹線の座席で高坂に向かっていた。今日は日曜日なのでビジネスマンが少なく、車内はそれほど混んではいない。学は座席に落ち着くと買ってきたペットボトルのお茶を一口飲んだ。いつものことながら、七十年も昔のことが浮かんできた。彼は東京の五反田で中学一年まで育った。第二次世界大戦が激しくなって強制疎開で東京を追われた。

上野から夜汽車で群馬県の西井田町に向かう途中、何度も空襲で列車は停車し、明け方になって乗換駅の高坂に着いたのだった。父母と兄と彼はそこから私鉄の西毛電鉄で終着駅の西井田に向かった。

西井田町は山に囲まれた小さな町だった。ここは母の郷で、母の兄が家を継いでいた。家は町では分限者の一人に数えられていたが、戦争で商売もままならず、内実は火の車という状態だった。

学たち一家は空いていた伯父の家作の一つに入ることができたのだった。兄の博一は町役場に職を得て学は県立足原中学の二年に転入して、以後五年この地で過ごすことになったのである。彼は新制高校の第二期生として卒業し、職を得て一人東京に戻って、今日ここに再び群馬の地を訪れるのだった。目的はいくつかある。一つは学を高校まで通わせてくれた兄が高齢になって老人ホームにいる。その兄を見舞うことだった。ついでに最近亡くなった高校の同級生の墓参りも済まそうと思い立ったのだった。

足原市は高坂市と西井田町の中ほどに位置する。西井田からは西毛電鉄で三十分ほどで、毎日足原中学に通ったことを思い出す。

高坂からの車窓はここのところあまり変化はない。東京に就職してから、毎年盆暮れには西井田に帰ったが、その都度、沿線の変化に驚かされたものだった。大手の工場ができたりしていて、経済の発展を知らされた。しかし、低成長の時代になって変化は静まった。その最後の工場が見えると、もう足原駅だった。座席がいっぱいだった車内は乗客の全部が降りたかと思われるほど空いたのだ。これには学は驚いた。

ここ数年の足原は市になって以来急ににぎやかになった。ここにある製糸工場跡が文化遺産に指定され、一部が国宝に指定されたからだ。彼が通学していたころは、就業は停止していて、ただの工場跡地だったのに。彼ら足原高校生の関心事は、もっぱらこの工場跡地近くの女学校にあって、製糸工場の跡には関心がなかったのだ。足原の町は東西に細長く、学の通った高校は西に位置し、女学校や駅は東にある。

彼が高校二年のとき、高名なバイオリニストのコンサートを女学校で開いたことがある。当時は戦後の反省期にあって、これからは文化国家を目指すのだと、国中が文化芸術を重視するときに当たっていた。学は同級の照川とともにこのコンサートに出かけて行った。照川は音楽に興味を持っていて学を誘ったのだった。学はコンサートもさることながら、会場が女学校だったことで出かけて行ったのだった。

ところがバイオリニストはアンコールを拒否して帰ってしまった。ピアニストを帯同してのコンサートだったが、聞くところによると伴奏のピアノの音が気に入らなかったという。学校にあったグランドピアノの調律が悪かったのか、もともといいピアノでなかったのか。芸術というのはすごいものだと彼の印象に残った。

これから見舞おうとする兄の博一夫婦が世話になっている老人ホームは、その女学校の近くにある。

彼は昔のことを思い、この地に来ると、青春の思い出にいざなわれ懐かしさを感じるのであった。

彼は駅でタクシーを拾って行き先を告げた。

「製糸場ではないんかい」

と怪訝そうに訊く運転手に、学は、

「最近は町もずいぶん活気が出ているようだね」

「世界遺産以来でね。町にとってはいいことですよ」

何の特産品もないこの地にとっては、嬉しいことなのだ。

車は路地を抜けて女学校脇に入り、目的の老人ホームに着いた。料金を払うと、

「帰りにはここに連絡してください」

と、運転手が電話番号を大きく印刷した名刺を学に渡して帰って行った。

二

日曜日の昼過ぎで、女性のスタッフが数人休憩所でたむろしていた。

入所している桜田博一の弟だと告げると、その中の一人がどうぞと言った。部屋は二階にあり個室になっている。二度ほど来ているから部屋はわかる。ドアをノックすると、

中から元気な応答があった。横にスライドするドアを開けると、博一はベッドに横たわったままで学を迎えた。ベッドの脇に車椅子がある。

「見舞いに来てくれたのかい。遠いところをわるかったな」

「なかなか来られなくてね。元気そうで何よりだよ。移動は車椅子でするの」

「ああ、くるぶしを痛めてからなかなか回復しないんだ。歩けば歩けないことはないけど、躓いたりして転んだりするのが怖くてね」

「そうだね。転ぶのはいけない。打ち所が悪いと、えらいことになるもんね。ところで、嫂さんは変わりないの」

「うん、部屋は以前のままだし、健康で変わりはない」

以前、まだ博一が足を痛める前に、学は博一に連れられて見舞ったことがあるが、もうその時は嫂は学を認識することができなくなっていた。博一が学についての昔を思い出させようとしていろいろ話しても、ただ困惑したように薄笑いしているだけだったのである。

ここでの生活は、食後の休みが終わると、デイサービスに行って体操をしたり、クイズをしたり、歌をうたったりで、結構充実しているようだ。今日は日曜日なので、一日部屋でくつろいでいるのだという。家から持ってきた本を読んだり、テレビを見たりして過ごすので、世間の事情はある程度理解している。

一通りの雑談の後、学は父母の墓参りに来たことも話した。

「今日はついでにお墓参りをしにきたんだけど、寺の住職とはどうしたらいいの」

これまでずっと博一が住職と付き合ってきた。曹洞宗の寺で、市の南の山の中腹に建っている。博一が西井田から足原に引っ越してきてから、この寺に両親の墓を建て、毎年法事をして住職と親しくしてきた。しかし、博一が老人ホームに入ってからは連絡が取れていないのである。この際住職に今後のことを頼んでおく必要があると思っている。

博一には一人娘みどりがいるが、嫁に行っているから、この寺とは関係がなくなってしまっているのではないか。

「みどりが時々見舞いに来てくれるんだが、そのときお寺に寄って何がしかのお金を包んで墓守を頼んでいるから、心配はない」

「そう。それならいいんだけど。これからお墓参りをして、住職にも会ってくるね」

「ああ、そうしてくれると有難いよ」

博一は父母の命日や追善供養の法事というと、寺に行って住職に経をあげてもらったり、住職とはかなり密な関係にあったから、ぴたっと連絡が取れなくなったので心配している違いない。学はそのあたりも説明しておかなくてはいけないと思うのである。

老人ホームからタクシー会社に電話をして寺に行ってもらうことにした。寺は川を隔てて向かいの丘陵地にある。かなり急な坂を上ると大きな山門が見えてきた。手前に広場があって何台かの車が止まっている。タクシーにはここで待ってもらって山門をくぐる。そこから又階段があって更に大きな山門があり、それをくぐると本堂が見えた。法事などは左手の入り口から入って正面の本堂で経をあげてもらうが、今日は右手の玄関に向かう。呼び鈴を押すとしばらくして返事があって若い女性が出てきた。住職の娘さんらしい。ちょっとご挨拶に来た旨を伝え、持ってきた心づけの封筒を差し出すと、「あ、ご丁寧に恐縮です」と言い、「今住職は山門のほうにおります。御用でしたら上ってこられた山門のところに行かれると」

学は言われた通りに山門に向かうと、下から帽子をかぶった中年らしい人が手を振っている。

「やあ、ご苦労さんです」

帽子をとると剃髪の状態が現れ住職とわかった。娘さんが携帯電話で知らせたらしい。

学は挨拶をすると、桜田博一の弟の学ですと名乗った。

「いつもお世話になっていますが、兄が老人ホームに入っていますので、ご連絡が取れず失礼しています」

「そうでしたか。道理でいつもお留守で、どうなさっているのかと思っていました」

「今日は墓参りをしに来ました。よろしくお願いします」

「それは奇特なことで。お墓の場所はわかりますか」

「はい、何回か来ていますから」

「山の上なので大変ですが。ああ、タクシーで来られたのですか」

タクシーの存在に気付いて、住職は運転手に墓の位置を説明した。寺の脇の道をぐるっと回るようにして上ると墓地が見えてきた。ちょっとした広場があって、そこでタクシーに待ってもらう。新しい墓がたくさん立っていて、学はまごついた。以前と比べると随分多い。

やっと探し出し、墓地の中の草を抜いた。花を手向け、墓石に水をかけ、線香に火をつけた。墓に向かって手を合わせると、幼いころのことが思い出されてきた。

父は怖かったが、学を随分いろいろなところに連れて行ってくれた。父は多趣味の人で、大工仕事が好きだったし、釣りも好きだった。小さな小屋ぐらい作ったたし、海や川に釣りに連れて行ってくれたこともある。一番印象に残っているのは、まだ羽田沖で釣りができたころ、ハゼ釣りに連れて行ってもらったことだ。餌のゴカイは気持ち悪かったけれど、ハゼがよく釣れて楽しかった。

また、近くの神社や不動尊の祭りにはよく連れて行ってくれて、夜店でおもちゃを買ってくれたものだ。

それが長年勤めた銀行を定年退職したのち、脳溢血を患い寝たきりになり、疎開した西井田の町で敗戦直前に他界したのだった。学には親孝行らしいことができなかったことが悔やまれるのである。

今、学はとうに父の年齢を超えている。父のように大工仕事はできないが、父がやったことはほとんどやっている。やっていないのは競馬くらいだ。学は競馬のどこが面白いのかわからない。でも、父の競馬は決してのめりこむようなものではなかったから、せめてもの娯楽だったのだろう。

そんなことが脳裏に浮かび上がった。風が吹いて近くの木から枯葉が舞った。

待たせておいたタクシーに戻ると、運転手が、

「お墓を見つけるのに手間取りましたね。こんなにたくさんのお墓があるとは思いませんでしたよ」

と、笑った。

三

学は大きなスーパーで仏花を買ってその寺に向かった。東西に長い足原市には両端に大きな由緒ある神社があるが、その間に挟まれて寺も多い。中でも古い寺に同級生の中河原幸夫が眠っている。学は中河原とは足原高校でずっと同じクラスだった。部活では学は文芸部、中河原はハンドボール部と異なっていたが、なぜか仲が良かった。中河原は父親が信用組合に勤めていた関係からか、曲がったことが嫌いで、その点でも学とは気が合ったのだった。それでも自分の正しいと思ったことをがむしゃらに推し進めるというのではなく、物静かに主張するのだった。年にしては大人っぽく見えたかもしれない。

二年のあるときのクラスの集会で、ストライキをしようと言い出した者がいた。全国的に学校のストが流行の時代だったのである。タバコを吸う者を学校が摘発することになったことに対する反発であった。学校がそんなことに介入するのは大きなお世話だと言う者、生徒の自由だと言う者もいた。全体がストが面白いからやってみようというような雰囲気になったとき、中河原が手をあげて言った。

「二十歳未満の生徒がタバコを吸っていいのだろうか。違法を摘発するのがなぜ悪いのか。おれはスト反対だ」

この正論はクラスの雰囲気をがらりと変えた。学も中河原の意見に賛成だった。こうしてストは回避されたのだった。

中河原の眠る墓は墓地の中ほどにあった。亡くなってまだ二か月も経っていないから、同級生だと言うと住職もすぐ位置を教えてくれた。家族が供えたであろう花が萎れている。それを差し替え、手桶の水で墓石を洗い、持参した線香に火をつけて供えた。

手を合わせて成仏を祈ると、彼に対する思いがいろいろと湧いてきた。

学は東京にいて、時折の電話以外では話すことが少なかった。お互いに病気のことはあまり話さなかったが、奥さんによると全身傷だらけだったというのだ。それでも地域では区長を務め、近隣の人々からは信頼を集めていたという。

彼と親しく、足原市に住む同級生から学が電話をもらったのは前年の秋のことだった。

散歩中に自動車事故に遭ったというのであった。学が早速奥さんに電話をすると、市の総合病院に入院していて面会謝絶の状態だという。尋常ではない。その状態がどれくらい続いたろうか。再起不能かと心配していたら、三か月ほどして市内の別の病院に移ったと知らされた。リハビリ専門の病院だという。リハビリが可能なら大分よくなっているに違いない。

学は中河原を見舞いに出かけた。

「おう、遠いところを見舞いに来てくれて有難う」

四人ばかりがベッドを連ねている部屋のベッドで、起き上がりながら、学の顔を見るなり中河原は元気そうな声で言った。

「意外に早く良くなってよかった。顔色もいいじゃないか」

「そうかい。おかげさまで、摑まってなら歩けるんだ」

「いや、無理はしないほうがいい。ゆっくり治すんだな」

「うん、みんなに心配してもらって有難いと思ってる」

しばらくして、学は中河原から快気祝いの品をもらった。ああ、全快したんだな。よかった。あれだけの怪我に見舞われながら、すごい生命力だと、学は感心したのだった。

それが、何か月の後、亡くなったというのだ。やはり同級生からの連絡だった。奥さんが学に真っ先に連絡するようにと言ったと、彼は言い、通夜や告別式の日にちを電話で言った。

「ついこの間見舞いに行って元気な姿で会ったばかりなのに」

「中河原はあちこち痛めていて、結構たくさん手術なんかを受けていたらしいんだ。それで食欲がなくなって、腹が痛むというので、総合病院へ行ったら、胆管がんだとわかったらしい。胆管がんていうのはわかったときはもう手遅れなんだそうだ」

「そうか。今腰痛を起こしていて、両方に出られそうもない。弔電を打っとくから、奥さんによろしく言っといてくれないか」

「そうか、そういうことじゃ仕方ないな」

そんないきさつがあったから、学は腰痛が治り次第、中河原の墓参りをしようと思い、父母の墓参りの機会に中河原の眠る寺にやって来たのだった。墓の前で首を垂れていると、亡くなったことが嘘のように思えてきた。墓石の影から顔を出しそうにすら思えるのである。(おい、死んだなんて嘘だろう。どこかに隠れていて、笑っているんじゃないか)

学はそこをなかなか立ち去り難かったが、日が傾いてきたので、一礼して(また来るよ）と呟いた。

寺の周りばかりでなく足原の町はひっそりとしていた。賑やかなのは、製糸場近辺だけのようであった。久しぶりに東西を走る往還を歩いてみた。古い建物の間に僅かな新しい家や空き地があった。商売屋は商いをしているのかいないのか人気が寂しい。学が高校へ通っていた時代、町は活気に満ちていた。

今は若い人が見当たらない。車の通りも少ないのである。彼はすっかり失望して駅に向かうのだった。

メインの足原駅は建て替えられて新しくなったのに、一駅隣の西足原駅は駅員もいず、誰も電車を待っている人はいなかった。近くには市の図書館がある。駅から見渡せる位置にあるが、駅の待合室には誰もいない。改札口の上に掲げられている時刻表を見ると、何と五十分も待たなければならないのだった。電車は朝の通勤・通学の時間帯には、一時間に四本ほどが通っているのに、今の時間帯には二本ほどで、前の電車が行ったばかりのようであった。

何もすることなく待合室にいると、しばらくして高校生くらいの少女がやってきた。運動部にでも所属しているのだろうか、大きな鞄を肩から下して紙袋に入ったパンをかじり始めた。彼女も無為に待合室の木の長椅子に腰かけている。やがてもう一人、今度は三十位のサラリーマン風の男がやってきた。彼も時刻表を見上げて、待つしかないと諦めたふうで椅子に腰をおろす。駅の外には人影らしいものは何も見えない。日曜のせいもあるのだろうが、何ともわびしいのである。

待つこと久しで、やっとカンカンカンと踏切の警報音がして高坂方面の電車がやってきた。車内は座席が少し空いていて、学は腰かけることができた。この路線は線路の納まりが悪いらしく、揺れが激しい。今にも脱線するのではないかというほど揺れる。

それでも、一日にしては動き回ったので、いつの間にかうとうとしていた。

四

高坂駅に着いたときは、もう空は薄暗く、それでも県内随一の商業都市らしく、電灯やネオンが街を明るく照らしていた。

学は駅前のホテルの一つに入っていった。フロントでは若い女性がにこやかに学を迎えた。

「今夜シングルで取れますか」

「はい、どうぞ。ご朝食はいかがなさいますか。朝は七時から開いております」

「じゃあ朝食付きでお願いします」

彼は料金を払うと、渡されたキーを持って部屋に向かった。

部屋は手頃な広さで、ベッドの上に白いガウンのようなパジャマが置いてあった。彼はトイレと一緒になったバスルームでシャワーを浴びた。汗はかいたというほどではなかったが、シャワーで流すとすっきりした。パジャマを着て、ベッドで明日の予定を考えた。

明日墓参りをするのは、千木良芳雄の墓だった。学は高校時代彼とはどこか気が合って、一緒に過ごすことが多かった。特に学が校友会雑誌の編集をするようになると、放課後よく一緒に過ごしたものだ。彼は絵がうまくて、挿絵を描いてもらったのだった。彼の性格が表れている軽妙な線画で、皆も気に入る絵だった。卒業すると大学に進み、放送局に入局した。そのとき、出版社も試験が受かり、どちらがいいか、小さな出版社にいた学に訊き、学は即座に放送局を勧めたことがある。

以後、任地の山形での彼の結婚式にも出席したし、東京に転勤してきたときもよく会ったものだ。そして、学が結婚したときも、披露宴で彼に司会を頼んだりしたのだった。定年で共に自由になってからも、この関係は続き、時々会っていた。

ところが、五年ほど前に脳溢血で倒れてからは、電話に出ることも、面会することも拒んで見舞うこともできなかったのだった。そして学が彼の死を知ったのは千木良の奥さんからの電話だった。四か月近くも前に亡くなったというのだった。通夜も告別式も知らされず、学は愕然とした。彼との別れもできずにいたので、どうしても墓参りをして別れを告げたかったのである。

奥さんから聞いていた彼の墓は高坂市の郊外の寺にあるという。それなら、ホテルから車を飛ばせば三十分もかからないだろう。インターネットで調べて、大体の場所はわかっている。

明日の段取りを考えていると、携帯電話が鳴った。電話をかけてきたのは高坂に住む同級生の武村信彦からだった。

「久しぶりだね。今どこにいるんだ」

「高坂駅の真ん前のホテルだよ」

「こっちへ来てるなら、連絡ぐらいしろよ」

「いや、ごめんごめん。実は明日墓参りをする予定なんだ」

「誰の」

「千木良芳雄が四か月ほど前に亡くなって、葬式にも出なかったからさ。何でもこっちの寺に埋葬されてるってことを聞いたんで、明日その墓参りをしようというわけだよ」

「千木良って、あの放送局にいた彼か」

「うん。何しろしゃべることもままならなくなって、病気療養中ずっと会いたくないと言い張って、会えなかったんだ」

「そうか。それで何という寺なんだ」

「森南寺という。高坂市の南の郊外にあるというよ」

「わかった。地図で調べてみる。明日はおれも行こう。高坂に来て案内できないようじゃ恥ずかしいものな。何てホテルだい」

「駅前の高坂プレミアム・ホテルとかいっていた」

「じゃあロビーに朝の十時に行く」

「わかった。待ってる」

それで電話は切れた。

武村は酒の大問屋や運送業を経営していて、高坂では名士だと聞いたことがある。若いころは随分苦労をしたと聞いた。元は足原市生まれだが、大学卒業後、高坂に出てきて努力の結果、大成功を収め、今では県屈指の財界人のようだ。それでも少しも苦労したことなど話さず、同窓生にも親身になって助けになっているのである。

学とは気が合って電話でもよく話す。高坂に行くと会うことが多いが、この頃では脚が痛むというので、出向いてもらうには気が引けるので、今回は黙っていたのだった。

翌朝、朝食を済ませ身支度をしてロビーに行くと、武村は杖をそばに置き、ソファーに腰かけて待っていた。

「やあ久しぶり」

どちらからともなく言って、久闊を叙した。

「あの森南寺ってのはさ、ほんと偶然なんだけど、川崎新吉くんちの隣なんだ。川崎くんて知ってるだろ。足原高校の同級で医者をしている。その川崎医院のすぐ隣とはおれもびっくりしたよ」

「川崎くんなら知ってるも何にも。随分前に高坂で同窓会があった後、自宅に呼ばれて、その上おれが勤労動員で世話になった農家まで車で連れて行ってもらったことがあるんだ。その家が又川崎くんの親類筋に当たっていたというんでびっくりしたもんだよ」

「そうかい。今朝電話したら彼も会いたがっていた」

川崎は高校時代は文学青年で、学と同じ文芸部にいて短歌を作っていた。当時短歌を作る生徒は少なかったが、皆が感心するいい短歌を詠んでいた。校友会の雑誌には何首も載っていたのを覚えている。家に招かれたとき、奥さんにその話をすると、全く知らなかったと言った。医者の道を目指したときに、短歌はすっぱりやめたとのことであった。

「これは楽しみなことになった。何十年ぶりの再会になる。いい機会を作ってくれて感謝するよ」

武村はホテルを出たところで携帯電話でタクシーを呼んだ。手には花束を持っている。学は途中で仏花を買うつもりだったので、武村の気配りに感じ入った。彼はタクシーをよく利用しているのか、気やすい話し方だった。

「新道を南に行ってくれないか」

学は地理に詳しくないから、武村の指示を黙って聞いている。車がその新道を走り始めた。寺までは随分あるようだ。

「ここは以前は細い道で、おれは自転車で店回りをしたもんだよ」

武村はぼそっと言った。若いころの苦労したことが思い出されて懐かしいのだろう。

車がしばらく走ったとき、

「そのコンビニの先の細い道を右に入ってくれないか」

と、武村が言い、指示通りに車が入ると、

「そう、そこでいい」

見ると、左手に川崎医院の看板が目に入った。外観は前来たときとは変わったのか、学には記憶が定かでないが、瀟洒な感じである。おとなしかった彼の性格そのもののようである。

車を降りた武村が病院をのぞき、中に声をかけた。

「大先生いる?」

息子も医者になったと聞いているので、彼のことをそういうのだろう。看護師の女性がにっこりして、自宅にいると答えた。自宅は隣につながっている。すぐ隣から返事があった。

「やあ、よく来てくれたね」

物静かな川崎の声だった。何十年もして、年齢はいったが、温厚な様は変わっていない。

「きみは少しも変わっていないね。桜田学を覚えているかい」

「忘れることなんかないさ。それにしても、武村から聞いてびっくりしたよ。千木良芳雄の墓がうちの隣のお寺にあるとはね。ちょっと待っててくれないか、すぐ戻るから」

看護師に言づけてきたのだろう。すぐ戻ってきた。

五

両側を植木に挟まれた小道を十歩も歩いたかと思うと、大きな寺の本堂が見えてきた。

「随分大きな寺じゃないか」

「そうだね。有名なお寺だそうだ」

と、武村が言った。境内に入ると森閑とした中にずっしりと本堂が建っている。その先に広い墓地がある。たくさんの墓石がびっしりと見えた。これでは千木良芳雄の墓がどこにあるかわからない。川崎が住職の住まいに行って呼び鈴を押した。二回ほど押すと奥から応答があって、女性が出てきた。大黒らしい。川崎の顔を見ると、

「あら、お隣の先生じゃありませんか」

「はあ、実は今日、友人のお墓参りに来たんです」

「そうですか。でも、今日は生憎住職が出かけていましてね。どなたのお墓ですか」

「何か月か前に亡くなった千木良芳雄なんです。ぼくら今日来た三人は皆、千木良の高校時代の同級生なんです」

「あら、そうでしたか。千木良芳雄さんのお墓ならわたしにもわかります。それではご案内します」

大黒との話し中に、武村は手際よく手桶に水を入れてきた。学はその手際の良さにまた感心した。大黒の案内で墓石の間を縫ってゆく。こんなにたくさんの墓があっては案内なしにはとても目的の墓は見つけられない。しばらく歩いて大黒が指さした墓石に、千木良家の刻字があった。千木良芳雄とは別離の挨拶をしていなかった。今この石の下に入ってしまったのが寂しさを誘うのである。勤務先は変われども、ずっと心を交わしていた千木良が、こんなところでしか会えないのかと思うと、自然に涙が出てくる。

「それではここで」

と、大黒が戻ると、武村が花立を外してたまっている水を捨て、持ってきた花をさした。墓石に水をかけ終わると、学は持ってきた線香にライターで火をつける。武村も線香を取り出して火をつけた。

「この線香は火が付きやすいんだ。墓参り用なんだよ」

何から何まで気配りが行き届いている武村に、学は感心するばかりであった。三人して手を合わせて長いこと祈った。学は、

「おれ、親しかっただけに、別離の挨拶もしていなかったから、やっとホッとしたよ」

「そうかい。千木良は絵がうまかったなあ。ほら、文化祭で演劇をやったとき、絵画部の彼が大道具というか、背景の絵を描いたんだろう。演劇の大道具の絵はほとんど彼と大西が描いたって聞いたことがある。そんなわけで、てっきり絵のほうに進むと思っていたんだが、放送局に入ったんだね」

「テレビよりラジオが好きで、ずっとラジオで最後まで行ったらしい。最後は出版部門に天下りして役員で終わったって聞いた」

学はひとしきり千木良の生涯を二人に話して、千木良を偲んだ。

帰りに大黒に挨拶すると、

「お三人のご住所をここに書いていってください。住職が戻りましたら報告しますから」

と、言ったので、学たちはそれぞれ住所と名前を書いて別れを告げた。

「今日は女房が出掛けていて、何もおかまいできないけど、お茶ぐらい出せるから、ちょっと寄って行きなよ」

と、誘いを受けて、学と武村は川崎の家に寄ることにした。

「今日は月曜だから、休診日じゃないんだろ。患者が来たら迷惑じゃないの」

「大丈夫、患者が来たら呼んでくれるから。隣だから」

二人は川崎の家の応接間に落ち着いた。広い応接間の先にはきれいな庭が眺められて、暖かい日が差し込んできている。

「こんなことで再会するなんて、我々は不思議な縁だね」

「おれたち高坂にいる連中は、時折会ってるけど、君は忙しくて毎回は会えてないから、君と会うのも久しぶりだね」

と、武村が言った。川崎もうなづいて、

「武村が音頭を取ってくれるから、助かっているよ」

「ここのところ、同級生が次々といなくなって寂しい限りだね。昨日も中河原の墓参りをして来たんだ」

と、学が言うと、

「そうだ。足原市に残って中心になっていただけに、他の連中をまとめるのがいなくなってしまったなあ。そういえば、足原の女子高が足原高校に吸収合併されるようだし、いろいろと変わりが激しいよ」

「女子高がなくなるなんて、ちょっと寂しいなあ」

「おれは運動部だったからよく知らないけど、演劇部や文芸部の連中は女子高といろいろ思い出があったんじゃないの」

と、武村が学と川崎に言った。

「いやいや、文芸部は関係ない。演劇部の連中だよ。文化祭のとき、女役には女子高生が必要だって、女子高に掛け合いに行ったらしいけどね」

学は昔を思い出して言った。

「ははは、昔のことだね。懐かしき青春の思い出」

と川崎が笑った。

それから暫くは、現在の立場を話し合った。どうやら二人は跡継ぎの若い者とジェネレーション・ギャップを感じるらしく、愚痴っぽく若い者について語ったが、学はサラリーマンだったから、それほどは感じるところがなかった。

「いやあ、久し振りに懐かしかったよ。あまり長居をしてはいけないから、そろそろ失礼するよ。また会えるといいね」

学はそう言って川崎に礼を言った。

「今度高坂に来たら、また寄ってよ」

「有難う」

川崎と握手して、武村と学は表に出た。

「今日、もう帰るんかい」

武村はそう言いながら、携帯でタクシーを呼んでいる。武村の心遣いに感謝しながら、学は甘えることになった。タクシーが来ると、

「駅まで行って」

と言った。近くの駅では新幹線は止まらない。一駅隣の高坂駅には新幹線が止まる。学はそこまで送ってくれた武村の心遣いにまた感謝した。

学は帰りの新幹線の席で、武村と川崎の友情を思い、心から嬉しかった。友は持つべきものだ。武村はもとより、何十年ぶりに会った川崎も懐かしんでくれた。

今度の墓参めぐりは、改めて青春時代を共にした友情を思い出させてくれる旅になった。

（完）

小諸悦夫（こもろ　えつお）

1932年東京都生まれ。法政大学第二文学部英文科卒業。

出版社で主に少年雑誌、少女雑誌の編集に従事。

著書に、『フレッド教授メモリー』（早稲田出版）、『ミミの遁走』『落日の残像』『民宿かじか荘物語』『酒場の天使』『ピアノと深夜放送』『遙かなる昭和』『栄華の果て』（以上 鳥影社）がある。

墓参めぐり

定価（本体1300円+税）

2016年4月21日初版第1刷印刷
2016年4月27日初版第1刷発行
著　者　小諸悦夫
発行者　百瀬精一
発行所　鳥影社 (www.choeisha.com)
〒160-0023 東京都新宿区西新宿3-5-12トーカン新宿7F
電話 03(5948)6470, FAX 03(5948)6471
〒392-0012 長野県諏訪市四賀229-1(本社・編集室)
電話 050(3532)0474, FAX 0266(58)6771
印刷・製本　シナノ印刷

ISBN978-4-86265-557-8　C0093